SACERDOTISA

Vera Carvalho Assumpção

SACERDOTISA

1ª Edição
POD

Petrópolis
KBR
2011

Edição e revisão **KBR**
Editoração **APED**
Imagem da capa **"Tarot", Bonifacio Bembo – fonte: arquivo Google**

Copyright © 2011 *Vera Carvalho Assumpção*
Todos os direitos reservados a autora

ISBN: 978-85-64046-63-4

KBR Editora Digital Ltda.
www.kbrdigital.com.br
atendimento@kbrdigital.com.br
24 2222.3491

B869 – Literatura Brasileira

 **Vera Carvalho Assumpção** é pioneira na publicação de livros virtuais. Recebeu vários prêmios por contos publicados, como o "Gralha Azul" e o "Guimarães Rosa". Participou de várias antologias, como a "Contemporary Brazilian Literature", da Universidade de Colorado, e teve contos publicados na revista "Semente", da Universidade de Évora. *Sacerdotisa* é seu sétimo livro publicado.

E-mail da autora: veraluck@terra.com.br
Blog da autora: http://www.veracarvalhoassumpcao.com

"*Rainhas, magas da Pérsia, deslumbrante Circe!*
Sublime sibila, ai! Que foi feito de vós?
Que bárbara transformação!... Aquela que, do trono do Oriente
ensinava a virtude das plantas e a viagem das estrelas, aquela que, do
tripé de Delfos, resplandecente do Deus de luz, transmitia de joelhos
seus oráculos ao mundo — é ela, mil anos depois, que é caçada
como um animal selvagem, perseguida nas encruzilhadas,
empurrada, apedrejada, forçada
a sentar-se sobre carvões em brasa."

Jules Michelet, A Feiticeira

"*Era como se a morte fosse o nosso bem maior e final, só que não era a morte, era a vida incomensurável que chegava a ter a grandeza da morte.*"

Clarisse Lispector

Sumário

ENCONTROS

O dia em que convenci João a assistir ao congresso de psicologia em que sua ex-mulher faria uma palestra, não podia
imaginar que seria tão marcante para todos nós. Ao tomar conhecimento do evento, fiquei de tal forma entusiasmado, e lancei
mão de tantos argumentos para convencer meu amigo, que nem
me dei conta de que era eu quem estava sendo sutilmente convocado. Esta história precisava de mim para ser escrita.

Como todos os dias da minha vida, levantei-me muito
cedo. João também era um madrugador. Chegamos tão cedo ao
hotel onde se realizaria o congresso que o auditório mal acabava
de abrir as portas. Eu e ele éramos dois solitários: João descasa-
do, eu viúvo. Havíamos saído de casa sem disposição de preparar
café. Dirigimo-nos ao refeitório e, por um bom tempo, nos rega-
lamos com as tantas iguarias do café da manhã de um hotel de
luxo. Ao entrarmos no auditório, percebemos que já havia ocorrido a abertura e o primeiro trabalho estava sendo apresentado.
Procuramos dois lugares vagos, nos acomodamos e, tão logo coloquei a atenção na oradora, percebi que o assunto era interessante. Assuntos relacionados à mente, consciente e inconsciente,
estes eternos desconhecidos, sempre me fascinaram, afinal são a
fonte de inspiração de um romancista. Eu e João trabalhamos no

mesmo jornal há mais de dez anos. Pesquisamos e escrevemos sobre economia. Até a morte de minha esposa, ocorrida há dois anos, eu me dedicava também à arte de escrever romances.

Naquela manhã, foi somente no primeiro intervalo, quando os participantes do congresso se reuniram ao redor do sofisticado serviço de chá e café, o *coffee break*, que finalmente João se aproximou de sua ex-esposa, Maria Moura. Neste momento, fui apresentado a ela. Já a conhecia das tantas conversas com João, que falava dela sempre cheio de amor. Pessoalmente aquele foi o nosso primeiro contato.

Ela chamou minha atenção assim que levantou os olhos cheios de surpresa em direção ao ex-marido. Aparentava ter por volta dos 40 anos, era alta, cabelos acobreados, olhos amarelados e o semblante um tanto abatido. Passada a surpresa de se deparar com o ex-marido, numa situação em que jamais lhe ocorreria reencontrá-lo, seu rosto se abriu num sorriso.

Enquanto João me apresentava a ela e eu observava a mulher que por tantas vezes esteve em nossas conversas, lembro de ter pensado que para uma psicóloga que cuidava das almas alheias, ter que lamber as próprias feridas deveria ser uma tarefa bastante dura. De qualquer forma, tanto ela como o marido estavam sobrevivendo ao desastre de enterrar o filho, baleado aos dezessete anos num tiroteio inexplicável e, ao mesmo tempo, tão comum na nossa cidade. As pessoas matam e são protegidas e paparicadas não só pela lei, mas especialmente por sociedades internacionais que vigiam com zelo extremado os direitos humanos dos criminosos. Ninguém jamais veio dar uma palavra de consolo a ele, a ela ou a qualquer pessoa que tenha passado por barbárie semelhante. Fui eu o amigo e confidente de João no período em que ele teve que conviver com a tragédia e superá-la de alguma forma.

Agora que voltei a escrever, sentado diante da tela do computador em minha casa, releio o programa daquele congresso. A apresentação do trabalho de Maria Moura seria a primeira palestra após o almoço, naquele mesmo dia. Fui eu quem convenceu João a ir ao congresso. Ele estava inquieto por rever a ex-mulher e podia-se sentir uma pontinha de felicidade nascendo lá no fundo de sua alma. Enquanto esperávamos, não retornamos ao auditório. Embora o assunto nos interessasse, João estava abalado com o encontro. Confesso que eu também. Convidei-o para ir ao bar. Apesar da hora, pedimos uísque. Com certeza ele precisava de uma bebida forte, eu fui no embalo. Sempre fomos amigos. Nos tornamos mais íntimos depois que as desgraças se abateram sobre nossas vidas. Há dois anos, minha esposa Tânia morreu de câncer, após outros dois de incríveis tratamentos de quimioterapia e radioterapia. Pouco tempo depois, o filho único de João e Maria Moura foi assassinado na saída de um barzinho, aparentemente por uma bala perdida. Nas nossas conversas, lambíamos feridas bastante profundas.

— Quanto tempo você e Maria Moura estiveram juntos? — refiz uma pergunta que já fizera umas tantas vezes. Afinal, era preciso dizer alguma coisa depois que o garçom serviu nosso uísque.

— Vinte anos! Nos conhecemos num final de semana na praia e seis meses depois estávamos casados.

— O relacionamento de vocês não terminou! — afirmei.

João deu um gole no uísque e deixou escapar um suspiro de que só os apaixonados são capazes.

— Maria Moura achou melhor sairmos da casa. Eram muitas lembranças, a presença constante de nosso filho. Quando ele nasceu já morávamos naquela casa. Tudo o que vivemos com ele, foi lá. No meio de tanta tristeza, eu e ela começamos a nos desentender — ele exalou mais um suspiro.

Nas nossas conversas, fiquei sabendo que, há mais de um ano eles estavam tentando vender a casa, que continuava vazia. As casas em São Paulo sofrem o estigma da insegurança. As pessoas se sentem mais seguras em apartamentos, com elevadores, porteiros e zeladores os separando das ruas e da violência.

— Já não é comum os casais se prometerem fidelidade eterna. Um homem e uma mulher ficam juntos enquanto é bom, mas logo no primeiro desentendimento o relacionamento se deteriora, a maioria simplesmente se separa. Não foi o nosso caso, vivemos vinte anos juntos e...

— Vocês vão voltar a viver juntos! — fiz a afirmação com uma certeza que nascia no fundo do meu coração. Afinal, eu havia perdido minha esposa, e não tinha certeza de um dia reencontrá-la. A dele estava tão próxima, não era justo que ele sofresse tanto com sua falta.

João baixou o olhar, mexeu o uísque, revirando o gelo com os dedos. Passamos algum tempo em silêncio, enquanto terminávamos a bebida. Foi então que senti nitidamente que alguma coisa no olhar de Maria Moura havia fisgado um pontinho lá dentro do meu ser. Era exatamente do que eu precisava para retomar minha vida.

Enquanto deixava escorrer pela garganta o uísque já bem diluído pelo gelo, visualizei uma foto de Tânia que ainda mantenho no porta-retratos sobre minha escrivaninha. Ela devia estar olhando fixamente para a objetiva no momento em que a foto era batida, porque era como se olhasse para mim. Antes de ela adoecer, eu mantinha a foto e corria os olhos por ela sem realmente enxergá-la. Depois de sua morte, quando já não conseguia escrever ficção, sentava-me à escrivaninha, fitava a foto e mantinha longas conversas com ela.

Sempre me pareceu doloroso observar fotos nítidas e coloridas de pessoas que já não vivem. No caso de Tânia, é como se alguma coisa dela ainda estivesse ali, me ajudando a enfrentar sozinho o resto do percurso.

— Você que insistiu tanto para que eu viesse, por acaso sabe qual o assunto da palestra de Maria Moura? — João fez a pergunta olhando-me bem nos olhos, tirando-me dos devaneios.

— Não — confessei. Havia me empenhado em levá-lo ao congresso com a finalidade de aproximá-lo da ex-esposa e nem tinha me preocupado com o assunto. Percebi os copos vazios e chamei o garçom para mais uma dose. Ele voltou a falar:

— Quando vivíamos juntos, eu gostava de acompanhar as pesquisas dela, os estudos sobre a mente, assim como ela seguia meus artigos sobre economia. Quando eu criticava a incerteza da mente humana, ela sorria, dizendo que na economia as incertezas eram maiores.

— Nesse ponto ela tem toda a razão! — sorri, pensando nas tantas previsões desastradas na nossa área. Em seguida, percebendo que ele não estava interessado nas incertezas das ciências econômicas, repeti a afirmação que fazia a cada vez que o assunto era retomado. — A separação não é a solução para vocês.

— Depois de uma morte tão inexplicável, por mais que nos esforçássemos, a cada vez que estávamos juntos o fantasma do sofrimento retornava. Nós dois estávamos lá, e nossa semente tinha sido destruída sem razão, sem um motivo palpável. Como ela afirmava, era muita dor para estarmos sob o mesmo teto.

Nossos copos foram reenchidos, e enquanto mexia o gelo com o dedo, João continuou falando:

— Como em todos os casamentos que duram vinte anos, já não vivíamos rolando em cenas de amor alucinado. Tínhamos em comum uma imensa cumplicidade, a mesma sede de vida, uma ânsia de eternidade, alguma coisa da qual nosso filho seria a continuidade.

Claro que eu compreendia, com Tânia também fora assim. Tínhamos em comum a mesma sede de vida, desde uma cumplicidade nos atos mais banais até uma incrível ânsia de eternidade. Senti o coração bater no peito, pensei que há muito tempo não sentia isso. Dei um grande gole no uísque.

— Ao longo da vida conheci algumas mulheres. Em nenhuma delas encontrei essa necessidade, esse quase desespero para abarcar um pouco mais dos mistérios da vida, desenvolver a percepção, ampliar a consciência — ele suspirou e senti um desejo quase irresistível de pegar um bloco e anotar tudo aquilo, como fazia antes de Tânia adoecer. — Maria Moura é uma pessoa calorosa e realista. Cuidava de mim e do nosso filho com o esmero de uma dona de casa dedicada. E também conseguia viver o seu mundo, o mundo da psicologia — continuou mexendo o gelo do uísque com o dedo.

— Quando engravidou, pensava no filho que ia nascer. Algo de nós dois, misturado a uma ínfima parte da consciência do mundo, havia começado a viver sua própria vida, dizia ela. Algo que talvez desse frutos durante milhares de anos. Afinal, estamos aqui graças a uma primeira mulher que, de ciência, ninguém sabe como veio parar na Terra, e que foi procriando outras que procriaram outras...

— A incompreensível eternidade — afirmei.

Ele tomou outro gole e não disse mais nada. Pensei no nome de sua mulher: Maria Moura. Moura era o nome latino das Parcas, filhas de Júpiter e Têmis que personificam o destino, o poder incontrolável que regula a sorte de todos os homens do nascimento até a morte. Enquanto escrevia minha ficção, era muito fácil agir como elas: criava personagens e os manipulava ao meu gosto. Na vida real, João e Maria Moura haviam sido atropelados pelo destino, que lhes levara o filho de maneira incompreensível. Por mais que se ouça falar em violência, não se imagina que o destino vá colocá-la no nosso caminho.

Ao escrever ficção, sempre tive em mente que era muito fácil determinar o destino de minhas personagens; o difícil era fazê-lo de uma forma que meus leitores gostassem e se identificassem com a história. Na vida real, as Mouras determinam um destino e ele se cumpre. Elas não precisam ter medo de que os leitores abandonem o livro. Na vida real cada um tem que desempenhar o seu papel, gostando ou não. É a missão de cada espírito!

Ficamos ali no bar remoendo nossas vivências por algum tempo, até que terminaram as palestras da manhã e Maria Moura se aproximou. Só então percebemos que era hora do almoço. Ela juntou-se a nós, mas não quis uísque. Aceitou água. Estava ansiosa quanto à apresentação do seu trabalho. Enquanto almoçávamos, tentei fazer com que adiantasse o assunto. Não houve jeito. Ela queria que João vivenciasse a grande surpresa, assim como toda a plateia. A única coisa que adiantou é que iria reproduzir vozes deixadas nas pegadas humanas, que ainda zumbiam nas consciências mais aguçadas. Havia chegado a ela uma paciente interessantíssima, que lhe dera subsídios para falar sobre o assunto. O nome dela era Pérola, e era realmente como se uma concha se abrisse e dela surgisse uma joia muito rara.

Maria Moura sorriu, afirmando que bastante rara também era a sincronia que trouxera aquela paciente até ela. Pérola era um destes estranhos acasos ou coincidências que mostram com muita nitidez as forças ocultas que conduzem nossas vidas e, de vez em quando, dão uma puxadinha nos fios do destino. Terminado o almoço, fomos para o auditório. A palestra foi surpreendente para mim, para João e para toda a plateia, que se encheu de perplexidade. A cada momento, ouviam-se suspiros e exclamações. Depois da exposição, Maria Moura teve que responder a um grande número de perguntas e saiu-se muito bem. No final, foi muito aplaudida.

Nos encontramos sem que combinássemos, fomos para o bar e bebemos em silêncio. Desta vez ela nos acompanhou no uísque. Quando pedimos a segunda dose, ela se descontraiu e nos pusemos a falar sobre a palestra que ela acabava de proferir.

Antes de Tânia morrer, eu ocupava o tempo livre escrevendo romances. Jamais mencionei coisa alguma do enredo de minhas histórias enquanto não estivessem prontas, ou pelo menos em fase final. Com o diagnóstico da sua doença, minha coragem para escrever esfumou-se no ar. Ou talvez seu sofrimento estivesse tão marcado em minha memória que qualquer coisa que eu escrevesse teria que ser sobre ele. No fundo, escrevemos para reviver as nossas verdades. O que inventamos é simplesmente para recordá-las com maior precisão.

A palestra de Maria Moura fora de tal forma extraordinária que tive que anotá-la assim que nos despedimos, e melhorar as anotações a cada vez que me sentava em frente à tela do computador. Assim como Pérola havia sido para ela uma surpreendente coincidência, tudo o que vi e ouvi naquele congresso me mostrou com muita nitidez as forças ocultas que nos orientam.

Bem, depois do congresso nos encontramos muitas outras vezes, dei um jeito inclusive de conhecer Pérola pessoalmente. Fui eu que promovi os primeiros encontros, e acabei me tornando um amigo de Maria Moura, um dos maiores interessados em seu trabalho. Ouvia a descrição de cada consulta de Pérola com interesse e atenção. Cada detalhe do ruído das vozes deixadas nas pegadas humanas, que eu ia desvendando a cada encontro, era uma gotinha de vida nova para os personagens de meu novo romance e, claro, para mim também.

Quando dá uma palestra para um auditório, o orador exerce uma forma de telepatia, envia sentimentos e pensamentos para seus ouvintes. Ao narrar uma história, o escritor tenta transmitir aos leitores sua maneira de captar a realidade. São formas de comunicação onde é preciso estar na mesma sintonia.

No mundo atual, a grande revolução é a da comunicação. Podemos ver na telinha da TV o que está ocorrendo em qualquer parte do mundo. Podemos, através da internet, trocar comentários com quantos habitantes do universo quisermos. No entanto, as conversas cara a cara, os verdadeiros encontros, estão cada vez mais raros.

A internet é para todos. Podemos usar os blogs, o twitter e as redes de relacionamento, como faço na redação do jornal. Podemos usá-la também para comunicar nosso pensamento escrito, seguindo as regras das missivas de nossos antepassados e exercendo uma forma de telepatia bem sintonizada. Foi o que fiz para entender melhor as vozes deixadas nas pegadas humanas, e que ainda zumbem no âmago das células cerebrais de quem tem o dom de ouvi-las.

Naquele congresso, Maria Moura começara sua palestra afirmando que, com certeza, o cérebro humano era a matéria mais complexa de todo o Universo. Era composto de átomos que tinham sido cozidos e recozidos em estrelas queimadas e esgotadas fazia muito tempo. Sistemas, como o nosso sistema solar, eram refeitos constantemente e um pouco da poeira de estrelas recozidas das memórias sempre ficava no âmago da matéria. Disse também que nossas almas viviam e reviviam aperfeiçoando caminhos, aprendendo lições. Moura tivera a sorte de se deparar com alguém que conseguira penetrar fundo na memória da própria alma e era isso que iria contar. E com isso nos ajudar a entender uma ínfima parte do mistério que é viver.

O CÍRCULO

*"Os fados guiam aquele que assim o deseje; aquele que não o
deseja, eles arrastam."*

Joseph Campbell

Meu querido João,
Já se passaram vários dias desde que você assistiu à minha
palestra no congresso. Levando em conta que o assunto em pauta
jamais havia sido abordado tão abertamente nos meus trabalhos,
talvez seja a hora de explicar a você, e também a mim mesma,
todo o ocorrido. Escrever põe ordem nas ideias!

Como você deve se lembrar, uma semana depois do congresso seu amigo Alberto me ligou e, numa coincidência provo-
cada por ele, nós quatro nos encontramos, eu, você, ele e Pérola.
Fiquei desconcertada, pois não sabia que minha paciente faria
parte do encontro. Também me senti bastante apreensiva. Ela havia permitido que eu usasse seu caso na palestra, mas claro que
com outro nome e sem que o auditório soubesse quem era ela. Por
sorte, a conversa fluiu sem constrangimentos. Alberto me telefo-

nou no dia seguinte. Usando todos os argumentos imagináveis, desculpou-se por ter telefonado a Pérola em meu nome, convidando-a para aquele encontro. Depois de tudo o que ouvira no congresso, ele sentira uma necessidade incontrolável de conhecer a pessoa que havia conseguido uma penetração tão fantástica nas memórias da própria alma ou, quem sabe, do mundo.

Não sei se ele te disse, mas depois daquele encontro nos vimos novamente, e ele fez todas as perguntas que quis. Senti nele um interesse muito especial pelo caso de Pérola e por todas as minhas observações. Enquanto eu falava, ele ouvia com tal atenção que me animou a te escrever este e-mail. Senti uma grande necessidade de te contar exatamente como as coisas ocorreram.

Mas, voltemos ao ponto. No congresso, abordei o assunto de forma a causar impacto. Queria que os congressistas ouvissem sem bocejos e sonolências. Queria que seguissem minha apresentação com os sentidos em alerta, com vontade de saber mais, com o mesmo interesse que vi nos olhos de Alberto e nos seus. Acho que consegui. No entanto, agora, quero expor a você os fatos na ordem cronológica. Aos poucos, vou te enviando toda a história por e-mail. Ao invés de conversarmos todo o final de tarde, bebericando um uísque, como fazíamos enquanto vivemos juntos, vou te escrevendo. Acho que vai nos fazer muito bem. Aliás, Alberto aconselhou-me a fazer exatamente isto, afirmou que seria um preâmbulo para recomeçarmos as nossas conversas cara a cara.

Lá no congresso o fato de ter você no auditório, ao mesmo tempo que me inibia, me dava força para que mais uma vez eu confiasse em você e tentasse lhe falar diretamente. Como o assunto era tão novo entre nós, tive medo de que você pensasse que era tudo invenção minha ou que eu estava improvisando, como uma espécie de espetáculo, com o único fim de convencer uma plateia descrente. Talvez o termo não seja descrente, pois todos eram profissionais que lidam com a mente e têm experiências parecidas com a que eu tive. O que falta é coragem para abordar o assunto.

Você conhece meu consultório e as outras profissionais com quem divido o espaço. Todas nós desenvolvemos um trabalho bastante sério. Ao tratar minhas pacientes, sempre cheguei muito próxima de outra dimensão, mas foi somente Pérola quem a penetrou com maestria. Da mesma forma que foi difícil falar na frente de outros colegas, terei de me esforçar bastante para que você se apaixone por esta história que, como sabe, ainda não escrevi.

Para compreender o alcance da minha tarefa, você vai ter de saber tudo, desde o dia em que Pérola entrou em meu consultório pela primeira vez e meu mundo começou a se mover de uma forma diferente. Você sabe que costumo gravar cada consulta; as mais relevantes guardo para ouvir novamente e captar alguma coisa que me tenha escapado no exato momento em que foi dita. No caso de Pérola, gravei todas as nossas consultas. Devo algumas vezes usar a transcrição das fitas para maior compreensão dos fatos.

Bem, vamos lá. Como você ficou sabendo no encontro promovido por Alberto, Pérola é uma dona de casa comum. Casou cedo, teve dois filhos. Esmerou-se na sua criação. Por toda a vida cuidou da casa com capricho e acreditava que seu marido algum dia iria recompensá-la, vivendo com ela o caso de amor com que sonhava desde que podia se recordar da vida.

Chegou ao meu consultório muito atrapalhada, numa daquelas coincidências que só os deuses são capazes de explicar. Precisava desabafar o que lhe ocorrera e não tinha uma única pessoa que pudesse escutá-la. Naquele dia, se dirigia a um supermercado e, quando o carro parou num semáforo, olhou para o lado e viu a casa em que mantenho o consultório, leu meu nome e o das minhas colegas de trabalho e nossas qualificações. Sem que houvesse qualquer outra indicação, estacionou o carro e entrou. Por sorte ou coincidência, uma cliente havia desmarcado a consulta e fui eu a atendê-la. A consulta levou mais de duas horas, pois, como te disse, ela estava atrapalhada e não foi fácil colocar em ordem tudo o que lhe havia ocorrido.

Ela está numa fase da vida em que os filhos ainda moram em casa, mas já são suficientemente adultos para não dependerem dela. Seu marido é bem sucedido, tem um emprego razoável e estável. Gosta do que faz! A firma em que trabalha tem escritórios espalhados por outros estados e os funcionários das outras filiais vêm a São Paulo com frequência. Pérola e seu marido José recebem muitos deles para jantar, enfim, fazem as relações públicas da empresa. Tudo corria como sempre até que apareceu um novo representante no Nordeste, cujo nome é Gaspar. Desde que o viu, Pérola sentiu um estremecimento desconhecido.

Depois de um dos jantares, como muitas vezes ocorrera em sua vida, José se disse cansado e pediu que ela levasse o convidado ao hotel. Embora também fosse natural que ela por vezes fizesse isso, naquela noite sentiu que tentava disfarçar alguma coisa que lhe revolucionava as entranhas.

Pérola e Gaspar entraram no carro e, por um momento, ela parecia não se lembrar onde era o local para enfiar a chave de contato e não lhe ocorria o que fazer para dar a partida. A proximidade de Gaspar lhe trazia uma inquietação à alma que ia se tornando difícil de contornar. Depois de uns tantos gestos inúteis, conseguiu pôr o carro em movimento.

Sem perceber-lhe a perturbação, Gaspar elogiou o jantar e se interessou por algumas receitas. Ela se assustou com a constatação de que assuntos banais, como a preparação de um jantar, pudessem interessar a um homem como ele. Mas seguiram conversando sobre o prazer da boa comida.

Ao parar na porta do hotel, ela sentiu uma brisa que vinha da lua perpassar o interior do carro. Ela estendeu-lhe a mão e ofereceu-lhe a face. Sem hesitação, ele a olhou com um olhar masculino de tirar o fôlego e beijou-lhe os lábios.

Um abalo sísmico pegou-a pelos pés e se elevou por todo o corpo, até arrepiar-lhe o couro cabeludo. Antes que levasse a mão até a própria boca, onde começava um calor inexplicável que irradiava por todo o seu ser, ela arregalou os olhos e viu diante de si um homem tão assustado quanto ela.

Ficaram se olhando cheios de pavor até que conseguiram sorrir. Sem palavras, ele beijou-lhe os lábios mais uma vez. Desta vez, sem susto, ela pôde sentir o fogo que se espalhava por cada célula do seu corpo.

Nenhum dos dois conseguiu dizer uma única palavra. Ele a olhava com o olhar extraviado dos loucos, ela derretia-se por dentro. Quando ele finalmente pegou a pasta e conseguiu sair do carro, Pérola suspirou com profundidade suficiente para reacomodar a alma. Flutuando numa desconhecida felicidade, acenou e pôs o carro em movimento. Gaspar ficou parado na porta do hotel, olhando aquela mancha prateada ir se esfumando no horizonte.

Ao entrar em casa, como se precisasse expiar uma falta, Pérola correu para o quarto, preocupada com o marido. Respirou aliviada ao ouvi-lo ressonar num sono tranquilo. Olhando ao redor, seu coração deu um galope descompassado ao perceber que o quarto tinha um ar estagnado, carregado de amores sem ventura. Abriu a janela para renovar o ar e deparou-se com uma lua cheia que assombrava o mundo. Era como se aquele clarão lhe trouxesse a revelação de que alguma coisa imensa e irreparável começava a acontecer em sua vida.

Aprontou-se para dormir com uma nova animação. Procurou uma camisola mais ajeitadinha, olhou-se no espelho do banheiro e percebeu que há muito tempo não cuidava da própria aparência. Estava com umas gordurinhas a mais, as unhas mal tratadas, os cabelos sem brilho. Notou rugas novas. Deitou-se com o firme propósito de no dia seguinte dar um jeito naquilo.

Puxou as cobertas pensando em Gaspar e, quanto mais pensava, mais aumentavam suas ânsias de pensar. Para se acalmar e pegar no sono, tentou rezar, mas foi só um argumento a mais para fechar os olhos e pensar melhor naquele homem, rever seus olhos meigos e sentir seus lábios de fogo. Foi se formando tal inquietação dentro dela que não conseguiu ficar na cama. Resolveu ajeitar a louça do jantar.

Levantou-se e, sem acender as luzes, foi até a cozinha. Abriu a torneira da pia e o brilho da lua que entrava pela janela se refletia na corrente de água e parecia extravasar os limites, jorrando sobre ela, iluminando-a. Ia lavar a colher de pau usada no preparo do jantar quando uma força estranha chamou-a para o quintal. Seguiu o chamado. Com a colher de pau numa das mãos e uma vasilha com água na outra, caminhou até os pés da única árvore que havia, uma jabuticabeira.

Agia com uma desconhecida determinação, sem saber o que faria no instante seguinte. Seguindo aquela estranha intuição, voltou-se para o chão, riscou um círculo com a colher de pau e ajoelhou-se no centro. Imediatamente sentiu que o clarão da lua era mais intenso dentro do círculo. Na vasilha com água, o círculo da lua mostrava-se com uma nitidez assombrosa. Com a vida em suspenso, mesmo sem ver, sentia cada movimento do seu quintal.

Ao voltar os olhos para a lua, uma labareda de luz a cegou. Como se fosse desmaiar, sentiu que o mundo se esfumava. Quando a imagem voltou a se focar, viu uma mulher que reconheceu ser ela mesma. Estava em pé, com os pés e as mãos atados a grossas correntes de ferro. Vestia uma túnica miserável sobre o corpo arrebentado pelas torturas. As dores eram de tal ordem que mantinham em suspenso seus pensamentos e emoções. Tinha atrás dela diversas pessoas e não tinha autorização para se voltar, não podia ver quem eram. Estava proibida de levantar os olhos. Tinham medo da força do seu olhar.

Embora não pudesse encarar os que a julgavam, pressentia a cena. Uma voz de homem, cheia de sonoridades assombrosas, proferia acusações: "Você foi vista no bosque deitada de costas, nua até o umbigo, e pela disposição de seus órgãos próprios ao ato venéreo e ao orgasmo, e também pela agitação das pernas e das coxas, era óbvio que estava copulando. Ao término do ato, desprendeu-se de sua figura e subiu ao ar um denso vapor negro, cujas dimensões equivalem à estatura de um homem!"

Uma sonoridade de catástrofe inundava o recinto. Pérola ouvia sem saber de quem era a voz. Um suor quente empapava-lhe as roupas e a gelava em seguida. Estava num tribunal, era a ré e acusavam-na de ter copulado com o diabo! Do fundo da alma subia-lhe a certeza de que não teria chance de defesa. Qualquer movimento desencadearia mais torturas, para que confessasse o que queriam que confessasse.

"Seu marido chegou a pegar a arma, pensando tratar-se de um homem, mas você estava copulando com um incubo. De nada valeriam os tiros. O demônio desapareceu rapidamente, tornando-se invisível", a voz continuava aterradora, acompanhada de passadas lúgubres. "Fato semelhante já foi narrado milhares de vezes por outras mulheres, daqui e de muitas cidades diferentes!"

Cada vez que a voz silenciava, sentiam-se as respirações aturdidas, como se todo o aposento reverberasse no mesmo ritmo. "Seu marido ameaçou denunciá-la aos tribunais do Santo Ofício e você continuou indo ao bosque e praticando atos execráveis!"

Quem falava terminou a frase com um murro na mesa. Depois de um incômodo silêncio, prosseguiu: "Quando seu marido encontrou entre os próprios pertences uma boneca de cera muito semelhante a ele, com um espinho enterrado no coração, se apavorou. Então nos trouxe a dita boneca e contou todas as perversões da senhora sua esposa. Dias depois, foi acometido de um mal terrível que o matou em instantes!" Mais um murro na mesa, seguido de um silêncio sepulcral.

Embora as palavras houvessem cessado, olhares e pensamentos riscavam o ambiente de um lado para o outro como faíscas. Havia eletricidade no ar. O terror era tal que Pérola se sentia irreal. Até a dor física estava suspensa. Quando o movimento voltou, viu que se aproximava um homem de aparência selvagem que lhe mostrava a boneca de cera, com um espinho enterrado no coração. Naquele instante, soube que realmente fizera aquela imagem de cera. Um torpor de ódio subiu por seu corpo lembrando-lhe o grave motivo que tivera para arrancar o espinho de um porco do mato e cravá-lo com a força do mundo no coração do boneco, mas o motivo esfumou-se.

O julgamento seguiu. O cheiro de lodo e a umidade do local transtornavam o aposento. Uma multidão começou a gritar e ela sentiu o peso da culpa desabando sobre si. Caiu de joelhos, machucando-se ainda mais nas correntes de ferro que prendiam seus pulsos e tornozelos. As feridas das torturas se abriam. Ver o próprio sangue escorrendo e sentir-lhe o cheiro adocicado fez com que as dores retomassem toda a fúria. Foi um latejar alucinante até que ela desmaiou.

No instante seguinte, viu-se ajoelhada ao lado da jabuticabeira, empapada de suor. A colher de pau havia caído de suas mãos e seu corpo estava amortecido. Ao voltar os olhos para o chão onde havia riscado o circulo, correu uma réstia de fogo que produziu um clarão e se apagou em seguida. Pérola agarrou-se ao tronco da árvore até sentir dor nos braços. Então foi se deixando escorrer até que se sentou no chão. O clarão da lua já não era tão intenso no círculo que desenhara, espalhava-se igualmente por todo o quintal. Uma brisa muito tranquila perpassava as folhas. Os ruídos da noite voltaram ao normal.

Com a alma em suspenso, sem conseguir entender o que lhe ocorrera, ficou um bom tempo observando cada canto do quintal. Na vasilha de água ao seu lado o reflexo da lua brilhava, a imagem se reproduzia perfeita. Pegou a vasilha e bebeu quanta água aguentou, o restante deixou escorrer pelo corpo até que a terra absorvesse. Então, com a mesma determinação com que saíra, retornou ao quarto. Deitou-se e adormeceu em seguida.

Foi uma noite atormentada. Do fundo do sono sentia os lábios de Gaspar, o fogo bom do desejo, ao mesmo tempo em que se via naquele tribunal sendo acusada de copular com o demônio e matar o marido cravando um espinho de porco no coração de um boneco de cera. Via-se sob a lua, modelando o boneco e cravando o espinho num torpor de ódio que a deixava fora de si.

Em seguida, via-se sob a mesma lua derretendo-se num beijo. Alternavam-se ao seu redor o perfume de Gaspar e o cheiro de lodo do tribunal. Por fim, se sobrepôs a figura de Gaspar e seu cheiro de homem, de tirar o fôlego. Sentiu seus lábios causando-lhe o mesmo estremecimento e fechou os olhos para se certificar de que não era uma ilusão das sombras. Ao abri-los, a visão havia desaparecido, mas o quarto estava impregnado pelo rastro do seu perfume.

Foi só quando José se levantou, pegou o jornal e foi para o banheiro que ela percebeu que ainda vivia no mundo real, repleto de afazeres, a começar pelo café da manhã que estava atrasado. Pulou da cama. Ao passar pelo banheiro, viu o marido em pé, nu, pronto para entrar no banho. Sua figura trouxe-lhe imediatamente à mente a imagem do boneco de cera com o espinho espetado no coração. Era tão nítida a semelhança e pareceu-lhe tão natural que o marido fosse exatamente igual à figura de cera que ela se benzeu, certa de que alguns dos erros que cometia frequentemente viriam à tona. Em seguida lembrou-se de que não havia comprado leite. Teria que preparar um pouco de leite em pó, o que daria motivos de sobra para sarcasmos e reclamações. Desceu as escadas e se dirigiu à cozinha, pensando em esquentar os pãezinhos para compensar.

Querido João, tudo isso Pérola me contou no primeiro dia em que esteve no consultório. Falou aos jorros, de uma forma bem menos ordenada do que estou lhe narrando. No entanto, o assunto me fisgou desde o primeiro instante! Ela saiu do consultório um pouco mais calma e eu fiquei lá um bom tempo, pasma. Tive que ouvir a gravação da consulta muitas vezes até que começasse a compreender.

Bem, por hoje é só! Quero que você pense sobre tudo o que escrevi. As visões de Pérola são surpreendentes e é preciso ir lendo e assimilando cada uma delas. Posso garantir que no final vamos melhorar nosso entendimento sobre a vida.

Um abraço,
Maria Moura

MARTELO DAS FEITICEIRAS

"Somos navegantes num mar que não conhecemos; que Ele
conserve sempre nossa coragem de aceitar este mistério."

Paulo Coelho, *Brida*

Querido João,
No tempo em que vivíamos juntos e trocávamos ideias, você falando sobre seus artigos de economia e eu sobre os estudos da mente, muitas vezes enfocamos as grandes categorias em que se dividem as mulheres: a virgem, a santa, a mártir e a bruxa. A virgem absorve a sabedoria do Universo através da solidão; a mártir, através do sacrifício; a santa, através da doação, da entrega. As sacerdotisas, erroneamente chamadas bruxas ou feiticeiras, absorvem a sabedoria do Universo através da paixão, da atração física, do prazer.

Ao ouvir que Pérola estava penetrando no passado da própria alma e despertando visões a partir do beijo e da atração física, concluí que ela pertencia à categoria das sacerdotisas. Havia nela alguma coisa muito forte. Mesmo enquanto narrava os horrores da visão que tivera em seu quintal, manteve um olhar de pássara feliz; usava uma medalha de ouro sem santo, que palpitava em seu peito com o pulsar de um coração desarvorado pela paixão. Percebia-se claramente que estava afogueada por um homem. Olhei para suas mãos que se apertavam e para a aliança que brilhava. Vislumbrei Eros, o Deus do amor que frequentemente aparece desenhado, cheio de flores e fitas, em cartões do dia dos namorados. Trata-se, na realidade, de uma figura poderosa, de escassa relação com os anjinhos alados. Até o momento em que Pérola apareceu no consultório, as mulheres me procuravam justamente para que eu lhes apaziguasse as decepções, as dores do amor frustrado. Pérola precisava de ajuda, não para curar mazelas, mas para entender um destino maior do que ela mesma. A experiência era tão forte que ela se atrapalhava, buscava uma terapeuta para lhe explicar o inexplicável! Eu agradecia a Deus que a terapeuta fosse eu.

Quando ela terminou o relato da visão, perguntei-lhe o que sabia sobre bruxas ou feiticeiras. Pérola surpreendeu-se com a pergunta, e a única coisa que lhe veio à mente foi o filme "Branca de Neve e os Sete Anões". Esboçou um sorriso ao mencionar que visualizava uma rainha poderosa e perversa em frente ao espelho admirando a própria beleza, com poderes mágicos capazes de convertê-la numa velha megera que enfeitiçava a maçã.

Expliquei-lhe que a visão que temos das bruxas é sempre a de uma velha hedionda, capaz de sortilégios para destruir as pessoas, causar-lhes mal. Mencionei também que, na mesma história, o beijo do príncipe que despertou Branca de Neve era mágico, como o beijo que despertou a Bela Adormecida após cem anos de um sono sem sonhos. Uma mulher adormecida por cem anos simboliza uma mulher que vive uma vida sem significado, uma morta viva cumprindo obrigações. De repente, chega um príncipe desconhecido que a beija e a desperta para a vida! Para o reencontro com o significado da vida!

Ela ficou por algum tempo absorta, refletindo sobre aquela forma de despertar. Para mim, ficava cada vez mais claro que Pérola entrava em minha vida não como mais uma frustração a ser resolvida, mas como uma agente das informações que andei

buscando por muito tempo, até mesmo para provar que os átomos tantas vezes refervidos na morte das estrelas continham uma
memória possível de ser desvendada! A consulta seguiu, cheia de diálogos interessantes. Era
como se estivéssemos numa onda de alta frequência. Minhas per-
guntas se encaixavam no que ela estava pensando e suas respostas
me mostravam que ela era, na verdade, mais uma bela adormecida. O beijo e a atração física eram exatamente o que lhe faltava
para que percebesse que todos os anseios estavam intactos em sua
alma. Lá no fundo do seu ser ainda existia aquela menina traves-
sa, disposta a enfrentar o mundo para mostrar a si mesma que a
vida era maravilhosa, que a verdadeira emoção movia montanhas
e valia a pena ser vivida.

Você, João, que sempre acompanhou meu trabalho, sabe
que sigo o caminho dos físicos e psiquiatras adeptos da ideia de
um despertar do novo milênio, empenhados em confirmar o que
os primeiros místicos que habitaram nosso planeta sabiam intuitivamente. Somos seres divinos! Tenho certeza de que, no fundo
da alma, cada pessoa tem consciência deste fato. No entanto, ao
longo da história, de tantas crenças, descrenças e fanatismos, a
luz divina de cada alma foi perdendo o esplendor. E nesse arras-
tão se perderam a força e o sexto sentido das mulheres.

Todas as experiências, todas as memórias, tudo o que faz
de cada um de nós aquilo que somos vai se perdendo com o passar do tempo e se transformando em uma pálida ideia do que
realmente foi. Permanece dentro de nós apenas a sensação difusa
do que aconteceu. Mesmo as desgraças, os malfeitos, as dores e
sofrimentos se esgarçam no tecido da memória, tão apagados que
se torna difícil trazê-los de volta.

Quando estamos sob o efeito de relaxamento ou hipnose,
de repente, como se fosse uma coisa mágica, alguns momentos
de nossas vidas retornam como se estivessem ocorrendo novamente. E são exatamente esses momentos que aprofundam nossa
compreensão sobre o nosso ser e sobre o Universo.

Pérola não precisou de estados hipnóticos. Sua primeira visão ocorrera sob o efeito da paixão, da atração física. E as demais,
posso lhe adiantar, foram provocadas pelos mesmos agentes!

Bem, depois de falar a Pérola sobre os beijos mágicos das histórias infantis, falei-lhe sobre o tempo em que as mulheres, ditas bruxas ou feiticeiras, eram julgadas exatamente da forma registrada em sua visão. Acreditava-se que vendiam a alma ao demônio, faziam pactos em troca de favores como curas ou poções do amor. Acreditava-se que copulavam com o demônio pelo prazer da luxúria.

No livro *Martelo das Feiticeiras*, manual que os inquisidores usavam especialmente para as bruxas, são descritas as regras para "julgar" casos exatamente iguais ao que ela estava narrando. Nos tribunais, as mulheres tinham de entrar de costas para os juízes. Eles acreditavam que o poder do olhar das bruxas era extremamente forte e tinham pavor de que elas pudessem seduzi-los, abrandando-lhes a fúria. Todas elas foram queimadas, não uma ou duas, mas milhares. Existem registros!

Pérola sabia alguma coisa sobre as fogueiras da Inquisição, mas jamais ouvira falar sobre o *Martelo das Feiticeiras*. Aliás, posso afirmar que poucas pessoas ouviram falar, algumas tiveram a ousadia de comprar sua tradução para o português e pouquíssimas se deram ao trabalho de ler!

Aconselhei-a a ler sobre a Inquisição, descobrir detalhes da época, dos julgamentos das mulheres chamadas feiticeiras ou bruxas.

— Você vai constatar que o que viu está documentado e vai se lembrar de mais coisas! Venho pesquisando esse assunto há anos para descobrir onde teria se perdido o sexto sentido da mulher. Durante a Inquisição, tudo o que os juízes e carrascos faziam era julgar-lhes a intuição, a capacidade de curar, de ouvir a natureza, enfim, os dons que lhes eram dados pelos deuses.

— E por que faziam isso? Por que tanta crueldade? — ela perguntou, realmente interessada no assunto.

— As feiticeiras eram concorrentes fortíssimas na disputa pelo poder material. Eram naturalmente respeitadas e muito queridas em suas comunidades. Com seus dons, quebravam a ideia do deus todo poderoso que os monoteístas engendravam. Era preciso acabar com elas! Eliminar seus dons! Incorporá-los aos de santos e santas que inevitavelmente se criavam aproveitando as crenças populares, mas mantidos sob as ordens da Igreja. Ou melhor, do poder estabelecido.

Para encerrar, afirmei que as fogueiras da Inquisição tinham sido nada mais que o culminar de um processo que vinha se desenrolando desde que as religiões monoteístas haviam sido inventadas e implantadas, uma árdua batalha para destruir as crenças e comportamentos da Antiguidade! Expliquei-lhe que os clérigos perseguiam as feiticeiras e arrasavam seu material de rituais. A partir daí, elas utilizavam os utensílios domésticos.

— Ao pegar a colher de pau, você soube exatamente o que fazer! — disse a ela. — Riscou o círculo mágico!

Pérola limitou-se a arregalar os olhos, surpresa com a ideia. Expliquei-lhe que estas coisas ficavam na memória.

— Memória? Será que assisti a algum filme com tal cena? — sua voz era cheia de ingenuidade.

— Memória da alma! Você não me disse que desenhou um círculo com a colher de pau, colocou-se dentro dele e no final da visão correu sobre ele uma réstia de fogo?

— É... — Pérola sentiu-se envergonhada. — Vim ao seu consultório esclarecer uma visão da qual eu mesma duvido.

— Por vezes temos experiências extraordinárias e tentamos convencer a nós mesmos de que tudo não passa de um produto da nossa imaginação! — por um momento, olhei-a com muita firmeza. — Não tenha medo do extraordinário! Se Deus o colocou em seu caminho é porque sabe que você pode suportá-lo!

Continuei dizendo que no nascimento de Cristo os três reis que souberam do fato pelo fulgor da estrela não eram governantes. Eram magos! Chegavam a ter maior importância do que os reis que regiam países! Como as feiticeiras, sabiam curar os doentes, reunir os rebanhos, fazer florescer as plantações, acudir nos partos, rastrear a influência das estrelas e dos planetas, construir templos e encontrar lugares sagrados. Conheciam os segredos da Terra, os poderes da Lua, a influência dos astros e especialmente os anseios do coração humano. Seus rituais e cerimônias, feitiços e sortilégios, suas orações e sacrifícios eram expressões de sua unicidade com a fonte de toda a vida. Conheciam a linguagem com que a criação fala a si mesma. E, o mais importante, sabiam escutar a natureza.

Em busca do poder terreno, os homens foram destruindo a magia do mundo. Acho que desde o fogo da Inquisição, que queimou alguma coisa além dos corpos, até o consumismo desarvorado da era moderna, que vem transformando o corpo da mulher e do homem em meros objetos sexuais, sobrevivemos a muitas perseguições. Apesar disso, ainda somos a ressonância de vivências mágicas. Talvez esse despertar da consciência, que está ocorrendo em todo o mundo, nos traga de volta nossos dons e talentos.

Pérola ouviu tudo o que eu disse e se limitou a exalar um suspiro, como só os apaixonados conseguem. Para terminar a consulta, afirmei que o nosso grande erro é pensar que a vida é imutável: uma vez escolhida uma direção, temos que seguir no mesmo trilho até o fim. O destino tem muito mais imaginação do que nós. Justamente quando nos julgamos num beco sem saída, quando chegamos à mesmice insuportável da vida, tudo muda com a velocidade de uma rajada de vento, se subverte, e de uma hora para outra nos deparamos com uma vida novinha em folha!

Além de aconselhá-la a marcar um novo horário com a recepcionista, pedi que me deixasse seu telefone. Tinha certeza de que ela retornaria, mas achei mais seguro ter eu mesma uma maneira de contatá-la.

Bem, agora vou te contar, João, o que ocorreu depois que Pérola saiu. Nem preciso reafirmar que passei um tempo ouvindo a gravação da consulta. Quando comecei a organizar minhas ideias, confirmei que ela chegava com um problema do coração, mas não a habitual frustração de todas as minhas pacientes. Estava atrapalhada com o amor, e o amor é a única linguagem eficiente para traduzir as lições que o Universo ensina todo dia aos seres humanos. No entanto, vivemos numa época em que a maioria das pessoas associa o amor ao orgasmo imediato e ao vazio que se segue.

Como sempre que uma cliente interessante me aparece, abri a gaveta, peguei meu baralho de tarô, embaralhei-o e o espalhei sobre a mesa. Fechei os olhos, concentrei-me no olhar de pássara feliz da mulher que acabava de sair e tirei uma carta. Ao abrir os olhos, na ponta de meus dedos estava a Sacerdotisa! Observei a imagem com muito carinho. Quem a desenhou conseguiu reunir Ísis, a deusa da intuição na mitologia egípcia, Artemis-Diana, deusa da natureza da mitologia greco-romana e Vênus-Afrodite, a grande deusa do amor. E se olharmos com atenção, Iemanjá, deusa das águas e grande protetora dos amantes, também está lá. Gosto demais da figura da Sacerdotisa, uma mulher exuberante, postada entre as colunas de um templo, com as mãos abertas distribuindo pérolas e cristais, sobreposta ao sol, à lua e às estrelas. Representa o elo com o misterioso e insondável mundo interior, onde a entrada só é possível com o consentimento de seus governantes. A figura da Sacerdotisa representa a força da intuição, a capacidade de conhecer os meandros do destino e o real objetivo da vida.

A presença de Pérola, a visão que narrou, tudo aquilo havia me deixado com a sensação de que algo muito importante estava por acontecer. Sempre acreditei que o ser humano é maravilhoso e multidimensional. Não há porque se limitar mentalmente, restringindo a magnitude do ser ao corpo e personalidade que existem aqui e agora. Tenho certeza absoluta de que o espírito pleno não fica encapsulado no corpo e na mente consciente. Pérola abria a concha, e vinha provar exatamente isso. Descrevera uma visão extraordinária; suas vidas passadas encerravam grande conhecimento e sabedoria, podendo esclarecer alguns pontos perdidos.

Tanto eu como as outras psicólogas e terapeutas que trabalham comigo, enfim, todos nós que lidamos com mentes e almas, sabemos que as angústias trazem muita dor. Acompanhando tantos pacientes, não é difícil perceber que muitas vezes a dor da alma é maior do que a dor física. Nos tempos atuais, com tantos avanços tecnológicos, tantas novidades e liberdades, os seres humanos têm tido muito mais dores mentais, angústias e frustrações.

Isso acontece especialmente porque tanto homens como mulheres estão ficando exigentes, a ponto de transformar os relacionamentos em verdadeiras guerras de egos para testar esgotando as energias quem se sobrepõe e destrói o outro, uma guerra que começou no mesmo atalho em que se perderam os sinais divinos, e vem se alastrando. Se encontrarmos o ponto exato em que a união mágica entre um homem e uma mulher se transformou em competição, com certeza vamos conseguir a solução para diversos problemas.

Embora vá manter a ordem cronológica, posso dizer que muitos momentos importantes do decorrer da nossa História foram captados no círculo mágico desenhado por Pérola no seu quintal com uma colher de pau. Dizem que os magos em geral desenhavam o círculo em noites de lua cheia a fim de trazer o poder da lua para a terra. Talvez por comungarem com a sabedoria do Universo, sabem que a natureza gosta de círculos. Os corpos celestes são esferas, suas órbitas circulares. Imensas nuvens de gases e poeira cósmica são animadas por uma força desconhecida que as mantém girando em redemoinhos circulares até formarem, depois de milênios, os corpos celestes esféricos.

Desarvorada por uma paixão, Pérola trouxe para seu círculo o clarão da lua, decifrando uma ínfima parte do grande mistério que é a vida. Por mínima que seja a descoberta, será com certeza suficiente para espalhar um pouco de amor pelos corações mais necessitados.

Querido João, já escrevi demais, não quero sobrecarregá-lo. As visões de Pérola precisam ser lidas com vagar, assimiladas pouco a pouco. Trazem alguma coisa maior do que a vida, algo que todos nós deveríamos entender melhor! E você vai apreciar!

Continuo no próximo e-mail.

Um grande abraço,
Maria Moura

TRIBUNAL

"Uma alma gêmea é alguém cujas fechaduras coincidem com nossas chaves e cujas chaves coincidem com nossas fechaduras. Quando nos sentimos seguros a ponto de abrir as fechaduras, surge o nosso eu mais verdadeiro e podemos ser completa e honradamente quem somos."

Richard Bach

Querido João,

Espero que você venha lendo com carinho o que tenho escrito sobre Pérola. Ela vem captando fragmentos da própria existência e te escrever me ajuda a organizar os fatos. Antes de começar o relato propriamente dito, quero te informar que tenho me encontrado com seu amigo Alberto. Ele é uma companhia muito agradável. Ficou tão impressionado com minha fala no congresso que voltou a escrever! Disse que tinha encontrado a personagem que andava buscando.

Estou curiosa sobre o novo romance dele. Infelizmente ele me disse que jamais revela o enredo antes de o livro estar pronto, ou quase pronto, faltando apenas detalhes. Também fez questão de que eu o levasse para conhecer nossa casa. Gostou tanto, falou tanto sobre as qualidades da casa que até me deu saudades. Olhei-a com outros olhos e tenho me recordado de muitos bons momentos que lá vivemos. Creio que ele já te falou que nosso próximo encontro, incluindo você, vai ser na nossa casa, a casa em que vivíamos juntos. Ele vai trazer o uísque e eu providenciarei o gelo e os copos. Espero que você traga uns petiscos gostosos!

Bem, vamos ao nosso assunto. Quando Pérola descobriu meu consultório, sua vida estava numa destas fases em que os acontecimentos se sucedem rapidamente. Gaspar estava passando uma temporada em São Paulo e ela se apaixonou por ele. E me parece que também ele se apaixonou por ela.

Uma semana depois da primeira consulta, Pérola retornou. Tinha o olhar extraviado dos enlouquecidos pela paixão e a medalha sem santo que trazia sobre o peito vibrava sobre seu coração. Nem era preciso mencionar que o amor havia se consumado entre ela e Gaspar. Mas vamos à ordem cronológica dos fatos.

Enquanto esteve em São Paulo, Gaspar foi quase diariamente jantar em sua casa e ela vivia os preparativos para recebê-lo. Também devo lembrar que havia um marido nesta história, segundo ela uma pessoa que em alguns momentos chegava a ser divertida, mas possuía um olhar crítico sobre todos os atos da mulher. Até na comida que ela fazia, com o capricho de apaixonada, José sempre encontrava alguma coisa para reclamar: ou estava salgada, ou sem tempero, ou fria, ou qualquer outra coisa. Pérola percebeu que com Gaspar ao seu lado não se atrapalhava com as recriminações de seu marido. Que diferença faria se José gostava ou não do tempero? Gaspar estava adorando!

José fazia questão dos filhos à mesa e ela se esforçava para que as coisas fossem a seu gosto. Naquelas noites com Gaspar, não tinha ideia de onde os filhos pudessem estar. Percebia suas entradas e saídas sem a menor curiosidade de saber de onde vinham ou para onde iriam. Como você vê, a paixão fazia com que amadurecesse até em relação aos filhos. Afinal eles têm idade para se virar sozinhos e ela acabaria lhes atrapalhando a vida se ficasse eternamente preocupada com eles.

Enquanto Gaspar esteve em São Paulo, ela o levou outras vezes ao hotel depois do jantar, e no dia da consulta levou-o ao aeroporto. Mas estou me adiantando. Voltemos à segunda noite em que ela o levou ao hotel. Nem é preciso dizer que mais uma vez fez o trajeto se esforçando para que a alma não lhe saísse pela boca. A noite estava clara e sentia-se no ar o cheiro de alguma flor resistente à poluição e que teimava em desabrochar. A lua, ainda na fase cheia, espalhava sua vibração sobre a Terra. Ao chegarem ao hotel, ao invés do beijo, Gaspar convidou-a para entrar e conhecer um barzinho aconchegante, onde havia um pianista, só para beber um licor.

O coração de Pérola disse sim sem pensar, e ela assustou-se por sua voz tê-lo repetido sem o menor constrangimento. Em seguida, a própria razão lhe perguntou por que correria aquele risco. Sempre havia a possibilidade de encontrar algum conhecido e se atrasaria para a volta. Além do mais... entrar num bar com um homem estranho, que não seu marido!

Por incrível que pudesse ser, o sim continuou a vibrar. Não havia sequer a sensação de medo a ser superada. Ela sorriu para a noite, pensando que estava um pouco bêbada e cansada de seus dias, sempre iguais. E mais do que isso, havia uma voz a lhe dizer que aquele homem era uma novidade que não a assustava. Ela o conhecia há milênios.

O ambiente era de penumbra. Os dois, sentados, se deixaram embalar pela música. A impetuosa vivacidade de Gaspar despertava a curiosidade de Pérola. Em tudo que ele dizia havia paixão. Era impossível estar perto dele sem ser contagiada de algum modo pelo calor que exalava de cada uma de suas frases, pelo calor do seu corpo.

Suas mãos se buscaram. Aquela proximidade fazia com que Pérola sentisse que seu corpo não tinha fronteiras: era o coração espalhando emoção por cada célula, formando um halo dourado à sua volta como se seus contornos fossem mais amplos, e tal amplitude vibrasse no ar a cada movimento. Gaspar entendia e vibrava junto.

Ele passou a mão sobre o ombro dela e tocou-lhe o pescoço junto à orelha. Pérola sentiu algo quente lhe correr pelos ossos amolecendo-lhe as pernas. Fechou os olhos e deixou-se levar, pela música e pela emoção. Ao abri-los, passou-os por um espelho que havia numa das paredes e se viu como uma nova mulher. A pele e os cabelos estavam iluminados, os olhos fosforescentes. Gaspar pareceu-lhe tão bonito, com sua cabeleira de juba de leão, e seus olhos tão meigos! Levantou a mão e acariciou o maxilar de ferro, típico dos valentões tímidos.

Voltando-se mais uma vez para o espelho, sentiu que não mudara somente a maciez da pele ou o brilho dos cabelos. Estava satisfeita por ter aceitado aquele convite. Algo em que não lhe era permitido sequer pensar parecia-lhe de repente a coisa mais natural do mundo. Estava num bar com um homem que não era seu marido e não havia inquietações ou remorso, não porque ela fosse atrevida. Era na verdade um animalzinho mal amado, experimentando um calor que vinha do coração e se espalhava por toda a alma.

O mais engraçado era que se via numa situação conhecida, como se aquela cena já tivesse ocorrido e ela tivesse estado por toda a vida morrendo de saudades, simplesmente deixando acontecer algo que era muito bom reviver. De onde poderia conhecer aquele sentimento, aquela segurança ao lado de um homem? — ela se perguntou. Seus olhos se encontraram e ela teve a certeza de que, ao lado de um homem amado, a mulher se sentia muito mais protegida por Deus.

Passado um tempo naquele enlevar dos deuses, ocorreu-lhe que era parte do capital do homem que a esperava, que tinha casa e filhos para cuidar e deveria dar satisfações por cada um de seus atos. Embora seu desejo fosse ficar onde estava pelo resto da vida, era preciso retornar.

Ao chegar em casa, agradeceu a Deus por encontrar o marido navegando num profundo ressonar. Rapidamente trocou de roupa, deitou-se ao lado dele e dormiu um sono sem sonhos. No dia seguinte, despertou com uma sensação de felicidade em seu estado mais puro. A dúvida de Pérola era saber se estava vivendo aqueles dias como se fosse outra pessoa, ou se sempre fora outra pessoa e naqueles dias estava finalmente vivendo alguma coisa onde valia a pena ser ela mesma.

Creio que dois dias depois ocorreu um novo jantar. Gaspar entrou em sua casa e a alegria se instalou. Comeram, beberam vinho, conversaram, riram e ela o levou ao hotel. Como se tivesse feito aquilo por toda a vida, mais uma vez ele a convidou para beber um licor e ouvir o pianista. Ela nem precisou concordar. Seu coração espalhava no ar o quanto se sentia feliz com aquela emoção entrando em sua vida.

Pela primeira vez, tentou se desculpar. Afinal era casada, nem sabia como aceitara o convite. Não deveria, mas estava tão feliz... Não conseguiria dizer não. Ele também mencionou que não deveria convidá-la, trabalhava com José. Levá-la a um bar era de alguma forma trair sua hospitalidade. Porém, quantos verdadeiros encontros existiam no mundo?

Enquanto bebiam o licor, ele falou de Deus. Ela assustou-se ao escutar um homem viajado e divertido, que a convidava para um licor, falando de Deus:

— Olhe o mundo! — seus olhos se arregalaram indicando o óbvio. — Só um idiota não sentiria a presença de Deus!

Então, ele lhe falou sobre predestinação e vidas passadas com tanta naturalidade que ela sentiu coragem para deitar a cabeça em seu ombro e deixar que ele acariciasse seus cabelos.

— Você já ouviu falar em tarô? — ele perguntou.

— Tarô! — ela, que já se assustara ouvindo-o falar de Deus, assustava-se mais ainda com a palavra tarô.

Pressentindo-lhe o susto, ele deu uma explicação:

— Um dia um amigo me mostrou um baralho de tarô, achei as cartas tão familiares que comecei a ler sobre o assunto. Logo percebi que era uma coisa muito séria, uma das ferramentas que Deus usou para escrever a sabedoria do mundo, para mostrar com muita clareza a existência de um poder superior de raciocínio.

Pérola olhou-o sem saber o que dizer. Não tinha familiaridade com as cartas. No entanto, ouvindo-o falar de uma forma tão intimista, era como se conhecesse aquele baralho de longa data. Gaspar explicava que as diversas fases da vida estavam representadas nas cartas, o percurso que cada ser humano realizava quantas vezes fosse preciso durante uma existência.

As pessoas, em geral, utilizavam o tarô para prever o futuro, mas o melhor do baralho era captar sua mensagem. Meditar sobre cada carta ampliava tremendamente a compreensão dos momentos críticos da vida. E era justamente o entendimento que fazia a diferença quando estávamos envolvidos em problemas e tentávamos nos livrar deles!

— O bem que o tarô faz não tem preço! Não há carta que possa fazer a escolha por nós, ou mesmo mudar uma situação de ruim para boa e vice-versa. No entanto, saber por que estamos num determinado caminho e de que maneira chegamos até ali, e o que isto pode significar, algumas vezes funciona como mágica. Aos poucos, o mar revolto de um problema vai se transformando em paisagem serena.

Meu querido João, faço aqui um parêntese para concordar com ele, e mais uma vez reafirmar que foi este um dos tantos motivos que me atraiu à toda aquela situação. Você sabe o quanto aprecio o tarô, um oráculo que vai transformando a maneira de se ver a vida e de se compreender melhor os momentos marcantes pelos quais passamos.

Mas voltemos ao bar do hotel, em que os dois estavam nos preâmbulos de uma noite de amor. Gaspar se afastou, mediu Pérola com o olhar, sentiu a fisgada macia de suas ternas entranhas.

— Que coisa engraçada! — ele disse. — Estamos falando do tarô e estou pensando nas imagens do meu baralho. Você me lembra demais uma delas. Não consigo precisar exatamente qual!

Brincando com um lápis imaginário, movimentou as mãos como se caprichasse num desenho sobre a mesa. Os dois olhavam a toalha colorida, vendo em algum ponto da mente a imagem que se engendrava na ponta dos dedos de Gaspar.

— Se fosse um pintor, iria desenhá-la numa das cartas!

Espantado com a própria ideia, Gaspar fitou-a nos olhos e enxergou-lhe a alma: — Já sei qual! A Sacerdotisa! Ela sorriu, e os dois seguiram falando sobre aquele baralho encantado. De repente, perceberam que roubavam as palavras um da boca do outro, pensavam as mesmas coisas e as expressavam da mesma forma. Conforme ele mencionava as cartas, Pérola as visualizava como se as conhecesse em profundidade, como se já tivesse meditado sobre elas.

— Parece que nos conhecemos de outras vidas — ele disse. E ela concordou, como concordaria com tudo o que ele dissesse naquela noite.

Gaspar olhou-a e seus olhos transbordavam carinho. O fato de estarem juntos soava como uma explicação para que o mundo existisse; era, aliás, o único motivo de existência do Universo, do ar, do vento, das chuvas, de toda a natureza.

— A poeira das estrelas está nos envolvendo — ela disse, percebendo que o ar parecia dourado.

Como se aquilo fosse o sinal, os dois se levantaram. Sem necessidade de palavras, seguiram para o elevador, atravessaram o corredor e entraram no quarto dele.

Meu querido João, com certeza a descrição de atos de amor é a especialidade de seu amigo Alberto, que é escritor, se bem que os homens nunca falam do amor com a ternura necessária. Mas quando — durante a consulta — Pérola falou sobre a noite com Gaspar, seus olhos ficaram tão cheios de luminosidade que vou arriscar uma descrição.

Vou começar exatamente pelo brilho do olhar dos dois, que foram se atraindo. Ele puxou-a para si e rodeou-a com os braços. Ela afundou o nariz no peito daquele homem desconhecido, que sentia ser a pessoa que maior intimidade lhe proporcionaria por toda vida. Aspirou-lhe o odor novo, esfregou-se contra a pele áspera das mandíbulas de ferro, apalpou seu corpo enxuto e forte. Sentiu uma paz grandiosa.

Então, puderam se beijar de verdade, ele vendo correr o lume e as sombras por seu cabelo solto, ajudando-a a desabotoar a blusa, procurando fechos, sua boca contra o ombro, o pescoço, as mãos a caçar na poeira de estrelas, os lábios se buscando entre umidades ancestrais. Os lençóis, brancos e frios, transformaram-se em brasas, um fogo correndo pela pele.

A boca de Pérola passeava em seu cabelo, em seu peito, as mãos pelas costas, os corpos deixando-se conhecer num silêncio em que tudo era pele, carícias, respiração ansiosa: o entrosar dos corpos e das almas. Os lábios mais uma vez se buscavam, fogueiras ardentes, as labaredas do prazer tocando fundo o ser e o sentir. Quando finalmente se deitaram lado a lado, ele disse:

— Na vida de cada homem só existe uma mulher com quem é possível alcançar a união perfeita, e na vida de cada mulher só há um homem com quem ela se completa. Acontecer este encontro, num planeta superpovoado como o nosso, é mais difícil do que ganhar na loteria! O que acaba de nos acontecer é uma sorte reservada a pouquíssimos!

Ela respondeu buscando seus lábios e os beijando.

— Queria que você ficasse comigo para toda a eternidade — ele sussurrou depois do beijo.

— É o que vou fazer! — ela sorriu e acariciou-lhe o rosto e os cabelos.

Ele pegou-a docemente, e mais uma vez tudo o que havia sido refreado por seu cotidiano de esposa pôde resplandecer nas carícias que desvendavam seu corpo e alma de mulher: os dois envoltos um no outro, o amor se fazendo em seus corpos, no ar que os envolvia, ela sentindo que a partir daquele encontro alguma coisa era abolida, um tempo estagnado, para que despertasse outra vez Pérola, a mulher que por um ínfimo instante havia mergulhado num prazer que lhe desvendava a própria divindade.

Querido João, gostou da minha narração? Devo confessar que muito do que escrevi foi a transcrição da fita que gravei durante a consulta. Tem um pouco também das lembranças de nossas próprias experiências. Por toda a nossa vida em comum, eu e você, João, vivemos um amor muito especial. A violência ocorrida com nosso filho interrompeu o fluir de nosso destino, mas não acabou com o nosso amor. Tenho sentido isso.

Mas, voltemos ao nosso assunto. Pérola estava fazendo coisas que jamais fizera. Era seu próprio eu num reencontro com o próprio sentido da vida, a repetição de um ato mágico, do momento em que o céu desce sobre a terra e Deus engendra a criação. Depois de algum tempo num silêncio em que podiam sentir a respiração um do outro, e em que suas pulsações se confundiam, ela teve que se despedir. Pérola dirigiu até sua casa boiando numa nuvem de felicidade que lhe dava a certeza de que Deus protegia os inocentes, o que se confirmou quando entrou e viu José num sono muito profundo.

Levitando num mundo totalmente novo, não pôde evitar que o clarão da lua a levasse até o quintal. Pegou a colher de pau e a vasilha com água e foi para debaixo da jabuticabeira. Riscou o círculo e ficou dentro dele, olhando o reflexo da lua na água da vasilha.

Já não era a imensa lua cheia. Uma pequena sombra tomava um pedaço de sua luz, mas a vibração era forte, palpável. À calma da noite se somava o esplendor da sua alma. Aos poucos foi sentindo a energia no seu quintal: as folhas das árvores, a terra, a grama se movendo. Tudo foi adquirindo vida, ficando reconhecível, querendo lhe dizer alguma coisa, lhe transmitindo carinho, mostrando que ela era parte daquela natureza. Então fechou os olhos e sentiu-se tonta, como se fosse desmaiar. Em seguida viu-se amarrada a um tronco, sobre um monte de galhos e gravetos secos. Uma estranha sensação de terror apossou-se dela. Alguém veio correndo com uma tocha acesa e a lançou a seus pés.

Labaredas cresciam ao seu redor. O fogo aumentava, se aproximava, ateava-se em sua roupa. Ela se contorcia, gritava, resfolegava; engasgava-se com a fumaça e não conseguia se livrar das amarras. Sentia as carnes se consumindo, as forças se esvaindo, as roupas e a pele virando uma crosta. No meio da dor e do desespero, avistava do outro lado do fogo pessoas conhecidas, pessoas que exultavam com seu sofrimento e lhe atiravam pedras e impropérios. Pessoas que viviam à sua volta, mas que ela não poderia precisar exatamente quem eram. O fogo e o desespero a impediam.

— Bruxa! — gritavam. — Feiticeira!

Estava sentindo que a alma já se desprendia do corpo quando seus cabelos se incendiaram e exalaram um cheiro nauseabundo. Estrebuchou e seus olhos se abriram. Conseguiu ver através da nuvem de fumaça e reconheceu José por trás das chamas: era parte dos que lhe julgavam os pecados. Caminhava em sua direção. Ela sabia que não era para salvá-la, mas para certificar-se de que já estava morta. Chegou muito perto e a sacudiu.

— O que você faz sentada aí no chão, a esta hora da madrugada? — esbravejou. — Tive de andar a casa toda para te encontrar!

Pérola abriu os olhos para o marido de verdade — que ela acabava de ver através das chamas — a despertá-la daquela experiência apocalíptica. Na visão, ele vinha certificar-se de sua morte. Era um dos juízes ou carrascos! Na vida real ele a despertava da visão, livrando-a do pavor de morrer queimada. Estava furioso por encontrá-la no quintal, que pecado, numa hora em que deveria estar na cama dormindo! A voz dele espantava a brisa noturna e ela não tinha desculpas para dar.

— Tive um sonho estranho e resolvi vir tomar um pouco de ar — conseguiu balbuciar.

— Você enlouqueceu? — um vento raivoso começou a soprar, José com mais raiva ainda em sua voz. — Você largou todas as portas abertas! Há quanto tempo está aqui?

— Nem sei... — Pérola estava trêmula, sentada num charco de pavor, com os ossos moídos e empapada de suor.

Naquele instante, pensou que aquela visão era o julgamento, o castigo por sua felicidade, pelo amor, pelo prazer pleno que a despertava para o reencontro com o sentido da vida.

José seguiu para o quarto conduzindo-a pelo braço e resmungando uma ladainha de impropérios contra sua falta de juízo, ir para o quintal numa hora dessas! Mais uma vez criticando-a, punido-a por seus erros.

Como um autômato, Pérola enfiou-se debaixo das cobertas e fechou os olhos. Transtornada pelas labaredas do amor e do castigo, dormiu um sono agitadíssimo. Revia as cenas apavorantes de sua morte na fogueira, intensificadas pela sensação de ver José entre os carrascos que a puniam. Com o correr da noite seguia vendo seus olhos, sem conseguir precisar se pertenciam à visão ou à realidade. Despertou no remanso da recordação de sua noite de amor com Gaspar. Apesar do pavor das cenas de sua execução por algum ato não permitido, não sentia culpa. Movimentou-se para preparar o café com a lembrança de que Gaspar viajaria naquela tarde. Com certeza ela o levaria ao aeroporto, o que significava mais um encontro. Por mais algum tempo sentiria a proximidade daquele homem que lhe tirava o fôlego, e isso lhe pareceu a coisa mais importante da vida.

Como previra, José não teve chance de sair do escritório à tarde e ela pôde fazer-lhe o favor de levar o colega ao aeroporto. A expectativa de mais alguns momentos com Gaspar desanuviou qualquer registro doloroso daquele final de vida verdadeiramente afogueado.

Na hora marcada, apanhou-o no hotel. Assim que se acomodaram, o ar dentro do carro inundou-se da felicidade em suas almas. Quase não falaram. Bastava-lhes a proximidade. Pérola dirigia devagar, sempre que possível segurando as mãos dele. Cada minuto que passava aproximava-os da despedida e, ao mesmo tempo, da certeza de que estariam juntos muitas outras vezes.

Ela deu algumas voltas pelas alamedas do estacionamento até que encontrou uma vaga para o carro. Tiraram a mala do porta-malas e, como se fosse a coisa mais natural do mundo, seguiram abraçados. Caminharam em silêncio. O asfalto, coberto de umidade, brilhava. A luz do sol passava entre as folhas das árvores e iluminava o mundo. Uma brisa fresquinha perpassava seus corpos e dava a sensação de que tudo aquilo acontecia em outra dimensão.

Quando anunciaram o embarque os dois se olharam, não sabiam como se despedir. O aeroporto estava cheio de gente. Deram-se as mãos, um beijo prolongado nas faces, um roçar nos lábios e se separaram.

Ele seguiu para o embarque. Ela deu alguns passos em direção à saída e voltou-se no exato momento em que ele fazia o mesmo. Como se Eros lançasse a flecha, sem pensar no que faziam, correram um para o outro. Abraçaram-se, beijaram-se nas faces, nos lábios. A mochila que ele carregava escorregou de seu ombro e caiu.

Ficaram unidos até que ele sorriu e perguntou:

— Em qual vida já nos encontramos?

— Em muitas — ela respondeu olhando-o nos olhos, com a certeza de que não estava brincando, mas repetindo o que uma voz lhe dizia no fundo da alma.

— Ainda vamos nos encontrar muitas outras vezes!

Finalmente se largaram e ele embarcou. Não havia um único conhecido na multidão de pessoas que se apinhava no aeroporto. Quando ela conseguiu raciocinar, pensou que Deus também protegia os amantes. Todo apaixonado é inocente.

Meu querido João, por hoje é só! Toda essa descrição do amor me deixou cansada! Leia e releia tudo com carinho. Será que você seria capaz de imaginar os outros momentos que eles viveram?

Um beijo,
Maria Moura

COINCIDÊNCIAS

"Aparentemente a Terra é um excelente lugar para encontrarmos
as situações e as pessoas que, em contrapartida, irão favorecer
que encontremos a nós mesmos."
William A. McGarey

Querido João,
     Espero não estar te aborrecendo com tantos e tão longos
e-mails. Afinal temos nos encontrado e conversado pessoalmente.
É que pretendo usar este caso para novos trabalhos e sua opinião
sempre foi muito importante para mim. Ter todos os detalhes
disponíveis em seu computador faz com que você possa lê-los e
assimilá-los. Com certeza vai conseguir formar sua opinião com
mais segurança.
     Antes de falar da próxima consulta, devido ao desenho que
Gaspar esboçou sobre a toalha, vou falar um pouco do tarô. Você
se lembra que quando Pérola saiu do consultório, na primeira
consulta, sorteei uma carta e foi a Sacerdotisa que se apresentou?
Na noite em que ela e Gaspar se amaram, ele falou sobre o tarô
e achou Pérola parecida com a imagem da carta da Sacerdotisa.
Coincidências, meu querido João!

Acredito e tento convencer minhas pacientes de que é necessário um trabalho bastante persistente para o aumento dos níveis de consciência. É através da expansão da mente que cada pessoa acaba encontrando um significado maior para a vida e realiza sua missão aqui na Terra. O tarô, como oráculo, nos traz um profundo conhecimento dos arquétipos do nosso inconsciente, e também do inconsciente coletivo. Ao meditar sobre cada carta, e consequentemente sobre cada arquétipo, passamos a compreendê-los melhor, um grande passo para expandir e fortalecer nossa percepção e nosso entendimento da vida.

Alberto me contou que a esposa dele, Tânia, era apaixonada pelo tarô. Antes da morte dela ele não se interessava muito pelo assunto, mas agora é um estudioso. Apaixonou-se pelas cartas! Fez diversas perguntas, e até lhe recomendei alguns livros. Depois disso, ele me disse que observar a carta da Sacerdotisa é como ver a foto de Pérola!

Mesmo antes de lhe contar toda a história, posso afirmar que ao longo dos milênios sua alma vem descartando velhos corpos e assumindo novos, e nessa epopeia enfrentando muitas mazelas na tentativa de manter e melhorar seus dons e talentos. As visões que ela narrou demonstram que a alma está além do poder de todas as coisas. Mesmo queimada em fogueira e condenada nos tribunais do Santo Ofício, retorna com fôlego novo para a vida e para o amor.

Isto que estou te dizendo, associado ao desenho que Gaspar esboçou na mesa, só vai fazer sentido depois de mais algumas consultas. Até Pérola se assustou quando as coisas começaram a se encaixar. Mas, como sugeri no princípio, vamos manter a ordem cronológica dos fatos.

Na segunda consulta, podemos dizer que Eros e Tanatos estiveram juntos. Depois de se sentir escaldar nos vapores da paixão, Pérola teve uma visão em que se escaldava numa fogueira da Inquisição, e começou a narração pelo horror de ser queimada viva. Contou a cena em detalhes, sem excluir o pavor extenuante de se engasgar com a fumaça nem a certeza de que pagava um pecado do qual não tinha ciência. Por trás do fogo viu diversos conhecidos, pessoas que ela sabia estarem mais uma vez convivendo ao seu redor. Com precisão, só reconheceu José. No seu mundo visível, ele apareceu para sacudi-la, livrando-a daquela visão apocalíptica e a deixando mais intrigada ainda.

Enquanto ela narrava, eu observava em sua face o terror estampado. No entanto, por mais que revivesse a dor daquela morte no fogo, o olhar de pássara feliz retornava a qualquer descuido. Quando Pérola arrefeceu o ímpeto do relato, olhei-a bem dentro dos olhos e afirmei que somente uma atração muito forte poderia despertar-lhe o inconsciente com tanta nitidez.

— Estou apaixonadíssima! — ela disse num exalar de ar, com um suspiro extenuante que só os apaixonados podem dar. Então, desabafou o fogo que lhe ia pela alma. A consulta se prorrogou por duas horas e Pérola contou cada detalhe de sua atração e da noite em que haviam se amado no quarto dele.

— Já fiz tanta besteira na vida... — foi a frase com que concluiu o relato.

— O amor jamais é uma besteira. O amor é a coisa mais séria de uma existência! — respondi, com muita firmeza. — O amor continua sendo a grande aposta de cada vida. Desde o começo dos tempos, é através do amor que transformamos a vida e tentamos compreender o Universo!

Aconselhei-a a aproveitar todas as emoções! Por vezes na vida é preciso ir até o fim, correr riscos e viver! Encontrar a árvore do conhecimento do bem e do mal e comer os frutos com muita vontade, se lambuzando! Ela abriu um sorriso e a medalha sem santo vibrou no seu peito.

Apesar da grandiosidade das visões, até então Pérola somente vira a si mesma num tribunal do Santo Ofício, sendo julgada e cumprindo pena. Era preciso orientá-la para que as visões continuassem. Sentia-me responsável por encaminhá-la no rumo certo, ou no caminho mais acertado. E, como você sabe, eu mesma jamais passei por tal experiência. As pacientes que encaminhei em regressões conseguiram chegar a *flashes* muito rápidos. Era difícil esclarecer épocas ou vivências nítidas. Ao perceber que Pérola iria fundo nas vidas anteriores, fui muito sincera afirmando que não esperasse experiências românticas! Durante milênios as mulheres comeram fogo!

Sua primeira visão foi da Inquisição, do terrível tribunal do Santo Ofício, ela sendo julgada por ter copulado com o diabo e matado o marido, com o artifício do boneco de cera com um espinho de porco espetado no coração. Entrou de costas no tribunal porque os juízes tinham medo de que as mulheres, com o poder do olhar, os seduzisse e amolecesse seus corações. Toda a preocupação dos inquisidores era com o prazer sexual. Poucas pessoas fazem ideia do tanto que os teólogos da Igreja escreveram sobre isso! O ato soberano em que um homem e uma mulher criam um terceiro ser, e que por isso mesmo Deus encheu de magia e prazer, foi por longo tempo considerado pecado. Num ponto da nossa História, a mulher, de doadora de vida e símbolo da fertilidade passou a ser a primeira e a maior pecadora, a origem de todas as ações nocivas ao homem.

Por mais que se concentrasse, Pérola não foi capaz de descobrir por que fizera o boneco de cera com o qual simbolicamente matara o marido, e tampouco o real motivo de ter sido queimada numa fogueira. Era preciso descobrir. Não podemos esquecer que as sacerdotisas tinham um poder muito grande e acabavam abusando dele. Não o usavam somente para curas e milagres. Praticavam suas maldades, como ela quando fez o boneco e espetou nele o espinho do porco!

Este assunto sempre me empolgou bastante. Quando ouvi a gravação da consulta, percebi que fora eu a falar demais. Não podia deixar de dizer que quando cessou a caça às bruxas o mundo entrou na era do Iluminismo: a grande iluminação das ideias. No entanto, houve uma transformação radical na condição feminina. As mulheres se tornaram mais frígidas, pois o orgasmo era coisa do diabo e, portanto, passível de punição. O saber e o uso dos dons caíram na clandestinidade. Foram séculos de repressão sexual até que, na atualidade, veio a liberação. Nos nossos dias, os donos do mundo pregam a religião da praticidade e da racionalidade e sabem como banalizar coisas importantes. O ato sagrado do amor transformou-se numa ereção seguida de um orgasmo! Tudo cientificamente descrito e praticado! A indústria do consumo descobriu que o corpo tem um enorme potencial de mercado. A revolução sexual foi para os shoppings, academias, filmes e novelas da TV. A liberação se transformou em musculação, danças eróticas, roupas extravagantes, revistas, enfim, o corpo da mulher e do homem como objetos de uso! As bancas de jornal mostram genitálias de todos os tipos e formas, como se uma união mágica girasse em torno de formas e tamanhos! Claro que, em seguida, veio o consumo de drogas. Se não se consegue o orgasmo, um atrás do outro, como as sexólogas pregam na televisão aos berros, a droga é a única opção. Pode-se adquirir a sensação de euforia, sem a necessidade de um parceiro! Ou, pelo menos, sem que faça a menor diferença quem é o parceiro...

Naquela consulta houve um fato novo. Ao terminarmos, antes de ela ir embora, mostrei-lhe o gravador sobre a mesa, desliguei-o e lhe entreguei a fita com a descrição de seus encontros com Gaspar e suas visões. Confesso a você, João: entreguei a fita, mas guardei uma cópia.

— Você gravou a prova de um adultério! — Pérola balbuciou, e ficou branca como a cera.

— Gravei e estou entregando a fita a você. E vou lhe passar uma lição de casa! Jamais se esqueça de que a palavra é o instrumento de geração do espírito! O que se fala são pensamentos transformados em vibração. Você vai comprar um caderno e anotar tudo!

Com a fita gravada nas mãos, Pérola foi se sentindo mais à vontade. Continuei afirmando que ela não precisaria esperar a próxima lua cheia ou o retorno de Gaspar para ter visões. Nas próximas consultas, iria lhe ensinar alguns exercícios de concentração e meditação e ela seguiria anotando tudo. Diariamente! Tinha certeza de que um pedacinho da memória de sua alma acabaria registrado no caderno. Se não houvesse outra pessoa com quem ela pudesse falar e se, com o passar dos anos, ela mesma duvidasse de tudo aquilo que vivenciara, poderia sempre voltar ao que escrevera.

— Uma coisa importante: escreva sem julgar! Não se preocupe em explicar coisa alguma. Viva tudo intensamente, e guarde o que sentiu como uma dádiva de Deus. A experiência que você viveu com Gaspar foi uma dádiva. Pouquíssimos seres conseguem a união mágica de vocês dois!

Quando terminei de falar, tirei do armário uma garrafa de vinho. Pérola estava atordoada pelas próprias confissões e por tantas surpresas.

— Vamos comemorar essa vitória do amor! — propus. — É importante comemorar porque ela nos dá um dos maiores presentes que podemos receber da vida: a confiança!

Pérola limitou-se a observar enquanto eu tirava a rolha da garrafa, pegava os cálices e servia o vinho. Entreguei-lhe o cálice e, olhando o avermelhado da bebida, fiz um brinde:

— É bom celebrar as vitórias por mais insignificantes que sejam. Dá força para as próximas lutas. A lembrança de uma vitória sempre ajuda a ganhar a próxima batalha. E suas visões são verdadeiras batalhas!

Bebemos em silêncio por algum tempo. Por fim ela se foi, e eu fiquei com meus pensamentos. Em geral as pessoas dizem que não há nada mais perigoso do que uma mulher rejeitada, que seria preferível abrir as portas do inferno a se deparar com uma delas. Ninguém, porém, jamais falou de uma mulher realizada, que conheceu um amor pleno. E Pérola havia conhecido esse amor. Havia um homem com um nome de rei Mago — Gaspar — que era capaz não só de provocar um orgasmo físico, mas de colocá-la em contato com seu mundo interior! Ter visões de suas vidas passadas! Os dois comeram o fruto do conhecimento, mas ao invés de se afundarem no pecado da culpa, tiveram acesso ao paraíso!

Desta vez, ao vê-la sair, não peguei o tarô, mas meu exemplar do *Martelo das Feiticeiras*. Se teólogos tão importantes haviam se dado ao trabalho de escrever com tamanha disposição sobre os dons, talentos e poderes das mulheres, era porque realmente tinham muito medo de sua eficácia. O *Martelo das Feiticeiras* é o código penal da época da Inquisição, específico para as sacerdotisas/ feiticeiras/ bruxas. Com o propósito de condenar, os inquisidores descreviam, com a mais profunda intimidade, como se manifestavam esses dons. Falavam da sabedoria relativa à influência dos astros, ao uso de plantas, à execução de rituais, à invocação dos mortos, às curas, enfim, tudo o que dizia respeito ao seu uso. E, em seguida, os métodos para arrasá-los com torturas inconcebíveis, um preâmbulo para o corpo queimado na fogueira.

Se tudo estava registrado, não poderia ser simplesmente delírio de cérebros doentios! Algumas mulheres tinham a capacidade de usar as forças naturais de uma forma que atormentava os senhores do poder terreno, e eles haviam gastado muitos séculos tentando cortar tal graça pela raiz.

Ao lado do *Martelo das Feiticeiras*, tenho também a Bíblia. Jamais vou entender o motivo de um livro tão importante começar com a descrição da união do homem e da mulher sendo transformada num pecado tão grave, capaz de fazer não só com que o casal que o cometeu, mas toda a humanidade perdesse o paraíso! O que teria inspirado o livro do Gênesis a afirmar que a mulher se unira à serpente para seduzir o homem, ocasionando o pecado original e a perda de todas as regalias desta terra? Com certeza o paraíso se perdeu justamente porque a mágica união entre um homem e uma mulher foi rebaixada à condição de pecado, porque a serpente, que em sociedades anteriores à adoção do monoteísmo representara a sabedoria, foi rebaixada à condição de disfarce de Satanás!

Quantas coisas foram destruídas para que os donos do poder se tornassem senhores absolutos! Talvez a existência de tornasse mais fácil se, ao invés de cultuar os ritos da Antiguidade, as pessoas acreditassem que a vida se resumia em passar numa prova: conquistar ou perder a salvação. Era preciso escolher entre duas forças opostas, a força de Deus e as tentações do diabo. Só os eclesiásticos — ou seja, os donos do poder material na época da Inquisição — determinavam se a pessoa estava em sintonia com o bem ou o mal.

No que diz respeito às práticas de rituais antigos, cada concílio era uma devastação. Alguns deles, que com certeza não poderiam ser arrancados das almas, foram adaptados e incorporados à Missa, especialmente a Eucaristia, um ato de magia pura. Todo o resto era coisa de bruxa e ia se tornando heresia. Sem falar nos protestantes, que conseguiram a devastação completa! Mil e quinhentos anos depois de Cristo, aboliram todo e qualquer resquício de ritual e limparam os templos reduzindo-os à cruz, um símbolo da derrota e do sofrimento de Jesus, não de sua vida de iluminado! Se a intenção era tornar as pessoas tremendamente culpadas e infelizes, conseguiram!

Entre minhas pacientes é constante o sentimento de culpa. Posso afirmar que todas elas chegam aqui infelizes e culpadas. As que saem de casa para trabalhar, deixando os filhos aos cuidados sabe-se lá de quem, sentem-se culpadas por isso, como culpadas se sentem as que ficam em casa por não estarem fazendo nada de produtivo, algo que lhes dê um salário no final do mês. As casadas sentem-se culpadas por terem deixado de amar seus maridos, as divorciadas sentem-se culpadas por estarem felizes com os novos namorados e pela possibilidade de causarem traumas em seus filhos. Enfim, é um mar de culpa, por coisas que deveriam ser apenas normais! Desde que o mundo se tornou civilizado, as mulheres foram colocadas a uma boa distância das decisões e do poder.

Aos poucos, utilizando diversas técnicas, tento ajudar cada uma a ir deslindando as frustrações, os medos, a culpa e, muitas vezes, a alegria macabra da tragédia pessoal, o gosto por se autodestruir e punir. Com muito maior frequência do que gostaria, me vejo diante dos mesmos problemas e enfrento situações que já enfrentei anteriormente. Jamais fui uma terapeuta que fica ouvindo e dando as respostas previsíveis. Esforço-me a fim de que cada paciente tenha a solução ideal para seu problema. No começo, a maioria mostra uma melhora, algumas conseguem superar a culpa original e alcançam um pouco de felicidade. No entanto, não conseguem mantê-la por muito tempo e, sob pretextos ridículos, deixam-se mais uma vez engolir pelo desencantamento com o mundo.

Para mim, querido João, cada um dos retrocessos de minhas pacientes é uma derrota pessoal. Chego a ficar deprimida. Começo a me achar incapaz de fazê-las progredir, já que as mesmas coisas que aconteceram no passado sempre voltam a acontecer.

Meditei muito sobre isto e cheguei à conclusão de que as experiências repetidas têm uma finalidade: ensinar-nos o que ainda não aprendemos. Acredito que enquanto não aprendemos uma lição retornamos para viver novamente a mesma situação e tentar uma conclusão melhor. Então é preciso, sem deixar-se afundar no desencanto, buscar uma solução criativa! Naquela tarde fui para casa pensando qual seria a melhor maneira de encaminhar Pérola. Sabia que as feiticeiras eram despertadas para o entendimento e sabedoria pelo prazer no amor. Era preciso aproveitar este canal aberto e não deixar que se perdesse.

Como já te disse, seu amigo Alberto está se tornando meu amigo. Temos nos encontrado e falado por telefone. Ele disse que desde que foi ao congresso voltou a trabalhar em sua escrita com muita disciplina. Afirmou que tomar conhecimento de toda a saga de minha paciente despertou-lhe o sentimento um tanto adormecido de quão maravilhosa é a vida na Terra.

Ele me disse que para as pessoas que vivem em grandes metrópoles como São Paulo, que é onde vivemos, é fácil perceber que uma parcela cada vez maior da população mora em pequenos apartamentos e se deixa envolver por um efeito óptico de jardim de inverno: um pequeno núcleo e fora dele a multidão e os problemas! Integrados ao clima de cidade grande, corremos o risco de não ver quão mágico é o mundo, porque nos deixamos submergir nas ocupações cotidianas e diversões da moda. É preciso sentir em cada célula o fantástico mistério de estar vivo! Sentir o prazer banal de beber água, comer com apetite, andar, desfrutar das paisagens, do vento, do calor do sol, dormir uma noite tranquila, sonhar.

Foram as palavras dele, somadas a toda a experiência que Pérola estava me transmitindo, que fizeram com que pela primeira vez eu conseguisse pensar sobre o nosso filho com alegria. Embora sempre tenha visto a reencarnação como um fato da vida, pela primeira vez me ocorreu que podemos ter estado juntos anteriormente e que vamos estar mais uma vez. Com certeza a missão dele nesta passagem pela Terra foi cumprida. Tenho que me esforçar para encontrar uma forma criativa e me sair bem no meu aprendizado! O nosso aprendizado! Nós dois, João, temos que aprender a lidar com essa perda terrível, a nos desprender do nosso filho sem tristeza!

Após esses pensamentos, saí à varanda do pequeno apartamento em que vivo e contemplei o pôr do sol. Pareceu-me justo render as últimas homenagens a este dia, já que ele me trouxera um pouco de sabedoria. Sentindo a possibilidade de os espíritos estarem juntos por diversas encarnações, estava aplicando à minha própria vida o que aprendia com Pérola.

Acompanhei com o olhar o disco solar vermelho-amarelado até cair de boca para cima e rodar pelo horizonte de telhados e torres de prédios. Ocorreu-me que o sol é uma entre cem bilhões de estrelas da nossa galáxia, e nem sequer das maiores. Mas é a nossa estrela, a responsável por toda a vida dos planetas ao seu redor. E quanto mais os telescópios se tornam potentes, mais galáxias são descobertas e maior se torna o Universo. Este é um campo em que quanto mais se descobre, maior fica o mistério.

Sabe o que eu fiz? Entrei, peguei a garrafa de uísque, coloquei gelo em um copo e me servi. Senti demais a sua falta, João. Era assim que fazíamos nos fins de tarde. E era entre golinhos de uísque que trocávamos ideias sobre nossos trabalhos. Naquela tarde senti que tinha muita coisa a te dizer, mas não de forma escrita. Era preciso que você estivesse comigo para que as palavras fluíssem, para que as respostas viessem, para que a vida voltasse a acontecer. Para que você fosse adivinhando tudo o que ainda tenho para te contar sobre a experiência com Pérola.

Um grande beijo,
Maria Moura

RITUAIS

"Este é o Diabo, de quem falávamos há pouco. Jesus olhou para um, olhou para o outro, e viu que, tirando as barbas de Deus, eram como gêmeos. É certo que o Diabo parecia mais novo, menos enrugado, mas seria uma ilusão dos olhos ou um engano por ele induzido."
José Saramago, O Evangelho Segundo Jesus Cristo

Querido João,
Gaspar se foi e Pérola seguiu com as consultas. Eu não diria que é um tratamento, pois ela não sofre de nenhum mal ou doença psíquica, mas uma busca tanto dela quanto minha. De formal há o fato de ela pagar a consulta e eu dar o melhor de mim a fim de orientá-la a continuar usando aquele canal, aberto pela paixão.

Falando agora, depois de apresentar o caso no congresso e perceber que a terapia seguiu por um caminho mais ou menos acertado, é fácil deitar sobre os louros. No entanto, tive que revirar todos os tratados de psicologia para que ela não perdesse a abertura que lhe permitia penetrar o inconsciente e o passado da própria alma.

Além de toda a orientação que lhe dei, ajudou demais o fato de, mesmo Gaspar tendo ido embora, ter deixado atrás de si aquele rastro de paixão que fazia com que Pérola vivesse deslumbrada à espera de seu retorno. A presença constante dele em seus pensamentos alterava a percepção do tempo, suas energias se concentravam num futuro indefinido, na possibilidade de reencontrá-lo. Quando se deu conta, a lua estava mais uma vez entrando na fase cheia. Embora conseguisse alcançar com facilidade cada vez maior os estados meditativos, era sob a luz mágica da lua que sua alma se abria e suas visões eram mais fortes e precisas.

Um pôr do sol magnífico e premonitório antecedeu o surgir da lua cheia. Pérola foi ao quintal e presenciou a lua despontando no horizonte, abarcando o mundo com seu magnetismo. Sentiu a falta física de Gaspar, mas sabia que onde ele estivesse, estaria pensando nela com o mesmo ardor. Enquanto a lua não atingia o alto do céu, foi para a cozinha, preparou e serviu o jantar. Participou da conversa com os filhos e com José, sem que nenhum deles notasse qualquer diferença. Como sempre, logo que o jantar terminou, José foi para frente da televisão; ela lavou a louça em silêncio e guardou os pratos. Cada gesto a deixava mais leve, com a mente mais clara. Os exercícios de concentração tinham seu efeito e ela conseguia afastar do pensamento os problemas diários.

Sabia que não havia uma nuvem no céu para atrapalhar o clarão da lua. A água que escorria da torneira mostrava seus reflexos. Deixando-se hipnotizar por aquela luz, sua respiração era pausada e seus passos lentos, enquanto terminava de arrumar a cozinha. Sentiu no ar, com uma percepção que estava fora dela, quando José desligou a televisão e foi para o quarto. Levantou os olhos e viu a lua no alto do céu, atravessando o vidro da janela.

Com determinação, pegou a colher de pau e uma vasilha cheia de água e se dirigiu para o quintal. Próxima à jabuticabeira, com habilidade de veterana, passou a colher de pau sobre o círculo gravado a fogo na sua grama e ajoelhou-se dentro dele. Fechou os olhos e imediatamente viu-se diante de um clarão avermelhado. Desta vez não era fogo, mas o sol se pondo. Estava no portal de um bosque e pediu licença para penetrá-lo. No mesmo instante, o mundo ganhou vida. A brisa perpassou e unificou o local. Os últimos raios de sol brilhavam em cada folha. Os espíritos da terra sorriam e brincavam. Ela sentia os pés sobre um manto de capim novo que lhe trazia uma nova dimensão à alma. Caminhou até a clareira e deparou-se com a fogueira no centro. Não sentiu medo nem terror. Ao redor do fogo havia uma festa. O céu tinha o avermelhado que o sol deixava antes de partir, e ela sentiu um estremecimento de prazer quando o vermelho foi adquirindo um intenso tom lilás. Os pássaros com sua algaravia voltavam para o ninho. As pessoas giravam e batiam palmas e, com galhos secos, davam leves toques nos garrafões cheios de vinho para despertar os espíritos. A alegria estava solta no espaço, integrando a beleza daquele entardecer.

Pérola olhou as pessoas em volta da fogueira e teve vontade de dançar. Em seguida, viu-se acompanhando o grupo, rodando feliz em torno do fogo. As palmas cresciam e seu ritmo tornava-se sincopado, constante, todos dançavam com os olhos fixos nas chamas. Havia uma mulher que dirigia a festa e, num determinado momento, ordenou que cantassem. Repetiu algumas vezes uma música simples, composta de duas estrofes, e todos se puseram a cantar. Era um mantra conhecido, onde o importante era a vibração das palavras, a harmonia que criava no espaço da festa.

O vinho era energizado pelas mãos da sacerdotisa, transmutado em bebida divina e compartilhado por todos. As frutas que acabavam de colher eram a fartura da terra, o bom desempenho da colheita. Iriam fortalecer o corpo que saía do inverno. Diante das frutas, esquecia-se o frio e a neve e agradecia-se pelos dias que começavam a trazer sol e abundância. Harmonizados pelo som do mantra, os espíritos da terra conversavam com as pessoas. Dentro de cada um havia uma voz.

Pérola bebia vinho e dançava em torno das chamas. Sentia um calor gostoso por todo o corpo. À medida que repetia as palavras do mantra, batia palmas e rodava. Ela, o Universo e todos os participantes daquela cerimônia iam se tornando a mesma coisa. Era como se vibrassem no mesmo ritmo. Percebeu que a festa começava a penetrar em território sagrado. Harmonizava-se com a natureza, pulsava no ritmo da Terra.

A sacerdotisa lançava punhados de um pó mágico no fogo, e uma fumaça cheia de perfume envolvia os presentes, unindo-os na mesma bruma. O ouvido de Pérola, treinado para escutar o próprio corpo, estava percebendo que o ritmo da festa e o som das palavras vibravam exatamente no centro do seu peito, definindo as batidas do seu coração que se perfilava com a respiração do Universo.

Já não podia precisar se era a outra mulher ou ela mesma quem comandava o ritmo. Enxergava e sentia no ar os fios de luz que saíam das pessoas e se uniam sobre a fogueira. Enrolados numa trança, os fios formavam um imenso cordão lilás que adentrava o céu.

Ela continuou dançando e cantando o mantra até que se sentiu tonta, percebeu que ia desmaiar. Sentou-se. Ouviu ou sentiu que os espíritos da terra estavam ali e vibravam, num tom de felicidade lilás. Suas vozes se infiltravam em cada um dos presentes, trazendo-lhes a alegria da primavera, mostrando o milagre da vida que renascia da terra escura. Aquele lugar sagrado mostrava que cada coisa do Universo tinha vida e que era preciso estar sempre em contato com ela. Quando se entendia sua linguagem, o mundo ia ganhando uma importância diferente.

Ela queria ouvir mais, mas a cena esfumou-se no ar. Quando o mundo voltou, Pérola estava próxima a outro fogo. Vestia roupas diferentes e sua expressão era outra. Não era muito mais velha, mas muito mais poderosa. Era noite. Estava numa festa e as pessoas rodavam ao redor de uma imensa fogueira. Os rodopios eram muito fortes, os movimentos frenéticos. Teve a certeza de que era ela a comandar o ritual.

Fosforescendo nos reflexos das labaredas, havia uma imensa estátua negra esculpida em madeira, com cornos imensos e o sexo extravagante. Ela olhou a estátua e soltou uma estridente gargalhada. Apesar de ser uma festa, havia no ar um clima de revolta, como se estivessem se preparando para uma batalha. Regendo o ritmo, instrumentos de percussão infundiam um ódio feroz, o desejo de partir para a guerra. Rodopiando ao redor do fogo, suas energias formavam um só bloco que exalava uma cor densa, escura.

Sem precisar de palavras para entender o espírito da festa, sabia que se preparavam para destruir um inimigo muito poderoso. Haviam se cansado de esperar pelo milagre que seus senhores pregavam em nome de um Deus poderosíssimo. Haviam se cansado de esperar pelas recompensas que só viriam num mundo depois da morte. Queriam a felicidade aqui, nesta terra! Tinham certeza de que aquele Deus poderoso fora engendrado pelos senhores do poder terreno, era um elemental da força do pensamento. Só lhes restava invocar um Deus ainda mais forte para combatê-lo e arrasá-lo. Queriam a vida, a natureza, seus rituais e suas festas, aqui nesta terra! O ódio embrutecia o bater das palmas, acelerando o ritmo dos instrumentos de percussão e dos corações que participavam do ritual. Fazia com que repetissem mantras de sonoridades esquisitas. Era preciso reanimar o grande Deus da natureza para acabar com o céu aliado dos carrascos. Era preciso ter a força do pensamento mais afiada que a de seus senhores e criar um elemental mais poderoso que o deles!

Em nome de um Deus que iam reinventando conforme suas próprias necessidades, seus senhores exploravam os semelhantes até sugar-lhes o sangue, as energias e a vida. Engendraram mentiras do céu e realizavam o inferno nesta terra. Criavam as fogueiras e queimavam quem bem entendessem. Bastava-lhes acusá-los de hereges ou feiticeiras!

Sempre ao redor do fogo, cada vez mais próximas, munidas de todas as forças que conheciam, as pessoas invocavam seu Deus, o espírito poderoso que dava alegria às liberdades da natureza, a alegria selvagem de um mundo que se bastava a si mesmo.

A repetição do mantra junto aos instrumentos de percussão ia carregando o ar. Sem interromper a dança, formaram uma fila diante da estátua negra. Cada um beijava a traseira da estátua e gritava: "Prefiro beijar o cu de Satã a ter que me curvar ao poderio cristão!" Retomando os rodopios, aos gritos, invocavam mais e mais deuses com poderes maiores para arrasar o domínio daquela gente que arrasava o espírito de seu povo.

Toda a comida que a terra produzia e que os senhores lhes extorquiam seria enfeitiçada, não como sempre o tinham feito, para energizar seus semelhantes, mas para tornar-lhes as carnes amolecidas e o ânimo decomposto, para transformá-los nos vermes que eram seus espíritos!

Diante das palavras, gestos e braseiros incandescentes, vapores infernais tomavam conta de tudo. A dança tornava seus corpos ensandecidos. O vinho punha-lhes o espírito alvoroçado. Atiravam-se de quatro no chão para melhor louvar a estátua negra, comiam terra afirmando ser sua hóstia. Comungavam com a natureza, não com o espírito dos senhores que lhes impunha a cruz. Num clima alucinado, entregavam o corpo como um altar de prazeres para conseguir mais força e atrair o Deus da estátua. Caminhavam de pés descalços sobre o fogo, as roupas se chamuscando. Apagavam o fogo das roupas com o poder do pensamento, não deixavam os pés se ferirem nas brasas que pisavam.

Num determinado momento, foi como se a estátua ganhasse vida. Poderoso, com seu sexo extravagante, o deus invocado desceu do pedestal, dividiu-se e proporcionou um prazer sobejo a cada um dos participantes, que rolavam pela terra e pelo fogo numa orgia exuberante. A lua, que castamente se velara por um momento, ressurgiu grandiosa. Enfunada de vento, de fogo, de fúria e de novidade, mostrou-se enorme por um momento. Num excesso de plenitude e beleza, assombrou o mundo.

Pérola viu-se brilhar sob aquela luz furiosa abraçada a um homem idêntico à estátua, beijando-o, entregando-se a um ato de amor embrutecido e rolando de gozo, comendo terra, esfregando a cara no mato. Num rescaldo de prazer, ergueu-se poderosa, os olhos faiscando. A natureza mudara. Seus olhos, aguçados pelo ritual, estavam armados de uma chama ardente. Sabia que se preparava para usar seus poderes na destruição dos inimigos.

Abriu os olhos e estava sob a jabuticabeira, deitada no chão, com a cara na grama. De sua boca escorria uma gosma com gosto de terra. Respirou fundo e foi lentamente reconhecendo seu mundo. Conseguiu se sentar e observou a réstia de fogo correr pelo círculo que desenhara com a colher de pau.

A luz da lua clareava todo o quintal, muito calmo, sem marcas de qualquer extravagância. Seu coração ainda bombeava o sangue no ritmo frenético do ritual. Bebeu a água com o reflexo da lua, tentando captar cada detalhe do que vira sem fazer qualquer julgamento, evitando o pavor. Levantou-se e entrou em casa, indo diretamente para a sala. Acendeu as luzes para clarear a visão e uma vela para iluminar a alma. Pegou o caderno e anotou cada detalhe do que vivenciara. Terminada a tarefa de escrever, foi para o quarto e dormiu.

No dia seguinte, a primeira coisa que fez foi me telefonar. Sua agitação era tão grande que podia ser percebida através da linha telefônica. Solicitou um encontro urgente. Não me adiantou coisa alguma da visão. Eu acabava de acordar e falei que poderia atendê-la antes da primeira paciente. Tomei um banho bem frio e fui para o consultório.

Ao entrar, ela me olhou bem nos olhos e disse que na visão daquela noite havia alguém com os olhos amarelos de cadela brava iguais aos meus. Então, fui eu a estremecer! Primeiro porque, embora me veja todos os dias no espelho, jamais imaginei que tivesse olhos amarelos de cadela brava, e também por fazer parte daquelas memórias. Será que meu espírito estivera ao lado dela em outras encarnações?

Bem, não era hora para minhas conjecturas e eu estava curiosíssima. Antes que ligasse o gravador, ela me entregou o caderno. Li em voz alta com toda a atenção enquanto ela continuava sentada, observando cada uma das minhas reações. Por vezes eu fazia alguma pergunta para esclarecer detalhes. Ao terminar a leitura, fechei o caderno. Estava impressionada. Estava impressionadíssima!

Tomei fôlego e comecei a explicar a Pérola que ela tinha vivenciado festas que haviam acontecido na Idade Média. A primeira com certeza ocorrera logo nos primeiros séculos da era cristã, um sabá com resquícios dos festivais da Antiguidade ou festas da colheita, que hoje são celebradas como o dia de Ação de Graças sem que ninguém se importe com seu verdadeiro significado. Deixei claro que o sabá a que me referia não era o descanso religioso da legislação judaica, mas o conciliábulo de bruxos e bruxas que na época medieval se reuniam aos sábados à meia-noite para seus cerimoniais. A segunda deve ter ocorrido quando os donos do poder já tinham bem delineada a imagem do Diabo. Era o ofício às avessas, a Missa Negra. O beijo na traseira do Diabo não deixava dúvidas. Os dois rituais, claro, eram comandados por uma poderosa sacerdotisa.

Na época em que foi criado, o cristianismo, para ser implantado, teve que fazer algumas concessões. Da mesma forma que os africanos quando vieram para o Brasil como escravos aproveitaram os santos católicos para suas religiões, também os cristãos, para imporem suas ideias, aproveitaram os deuses pagãos. Apossaram-se da sabedoria que lhes convinha e a pregavam como recém-inventada por eles, associada, é claro, à existência de um único Deus Todo-Poderoso criado à sua imagem, ou à imagem do que pretendiam ser. No século IV da nossa era Roma descobriu a eficácia do monoteísmo sobre a política terrena e abraçou o cristianismo. Marchou para a conquista do mundo, não mais levando as imagens harmoniosas dos deuses gregos, mas implantando a cruz!

Ao longo dos séculos, por mais que se construíssem catedrais suntuosas, o povo acudia à missa porque debaixo dos altares seus santuários continuavam vivos. Os donos do poder terreno tiveram a sabedoria de construir suas igrejas em locais sagrados, onde antes se realizavam rituais importantes. Ao longo dos séculos, o povo foi se adaptando aos novos santos e adaptando suas lendas à ideia da cruz e do sofrimento. As festas foram se transformando sem perder suas raízes.

Naquela época, o homem desceu ao fundo da desesperança e perdeu o respeito pela autoridade. A igreja, a nobreza e o rei precisavam de cada vez mais dinheiro para manter suas guerras e suas orgias desenfreadas.

Por toda a Idade Média, o povo era escravizado durante o dia sob a ordem do senhor feudal. Durante a noite, porém, era mais fácil se reunir e instigar as revoltas.

Querido João, não suavizei nem mais insignificante pormenor da Missa Negra. Era nela que a sacerdotisa usava e abusava de seus dons! Transformando-se na bruxa má, erguia seu Satã de madeira, negro e peludo, com os cornos de Dioniso e os atributos viris de Pã e Príapo. Sem se dar conta de que os donos do poder material colocavam toda e qualquer divindade pagã sob a égide de demônio, invocavam ou criavam com a força da mente um elemental capaz de livrá-los da escravidão em que viviam. Clamavam por um espírito capaz de lhes trazer de volta a dignidade.

O ser que criavam simbolizava a negação do deus do poder estabelecido, agravada com o beijo e a afirmação ultrajante de que "preferiam o cu de Satã ao céu cristão!" A frase está registrada em inúmeras confissões nos processos da Inquisição. As sacerdotisas celebravam o ofício às avessas. A Missa Negra era o ritual para que alguém com maior força do que o deus engendrado pelos opressores lhes restaurasse o orgulho. Com a mesma força de pensamento que seus senhores usavam, criavam elementais poderosos. Claro que, com isso, atraíam todos os espíritos pesados e desnorteados que circulavam pela área!

Pérola me ouviu com muita atenção. A cada dia estava mais curiosa com relação àquela história de bruxas e feiticeiras que ela jamais escutara antes e que se apresentava através de cenas intrigantes. No entanto, as visões a estavam amedrontando. Ver-se naquele ritual em que copulava freneticamente com um homem peludo e extravagante lhe despertara o medo.

— Sabe — confessou. — Apesar da curiosidade e da vontade de prosseguir na busca do passado de minha alma, não sei por quanto tempo vou conseguir suportar essas visões. A de ontem me deixou apavorada, e não havia como estancá-la. Estava completamente além do meu controle.

— Tenho certeza de que sua alma vai ter têmpera para suportar tudo! — mesmo sabendo em que turbulência de emoções ela vivia, eu estava encantada. Outras pacientes que conduzi em regressões jamais haviam penetrado coisas tão importantes e com tamanha nitidez. Minha missão era incentivá-la e ajudá-la para que não perdesse o ânimo.

— Você já se viu num tribunal sendo julgada por ter copulado com o Diabo. Já se viu na fogueira pagando um pecado do qual não tem consciência, mas sou capaz de apostar que seu crime foi ter sentido o grande prazer do amor verdadeiro. No sabá, viu que a Missa Católica não passa de um ritual copiado dos rituais da Antiguidade, onde se comungava com o espírito do Universo. Pérola acompanhava tudo o que eu dizia com muita atenção.

— Uma das mais simples e mais completas cerimônias da magia é a Eucaristia, com suas partes: ofertório, consagração e comunhão. Consiste em tomarmos uma coisa ordinária, comum e consagrá-la, transmutando-a numa coisa divina para então consumi-la. Na Antiguidade, as sacerdotisas pegavam alguma substância que simbolizasse a natureza — e nada melhor do que o pão e o vinho — e a energizavam, ou seja, atribuíam a ela seus verdadeiros significados para que as pessoas a ingerissem conscientes de que estavam estabelecendo uma relação religiosa com a Natureza. A igreja católica aperfeiçoou a cerimônia, transformando essa ligação em Deus!

Esse ritual tem tamanha potência que um milênio e meio mais tarde, quando engendraram as bases de sua religião, nem os protestantes e evangélicos puderam descartá-lo. Embora haja uma discussão que já dura séculos sobre se o pão e o vinho se transformam no corpo de Deus ou simplesmente coexistem com ele, o procedimento se manteve. E em cada repetição da Santa Ceia, bem no fundo de cada alma, vem à tona uma ressonância dos ritos ancestrais!

— No sabá você percebeu como é importante saber ouvir e entender a linguagem do Universo. Na Missa Negra, soube que o ser que simboliza o mal nasceu e cresceu das palavras do poder estabelecido sendo potencializado pela força de mentalização de uma imagem. Quando muita gente cria ao mesmo tempo uma imagem mental com muita energia e determinação, cria-se um elemental. Foi desta forma que transformaram num terrível demônio o deus cornífero, um dos mais primitivos, que representava tradicionalmente a ternura da terra, o abraço carinhoso das matas e o canto dos pássaros! — expliquei a ela. A atenção com que Pérola escutava era impressionante.

— Você já sabe que depois das fogueiras a mulher perdeu o sexto sentido, a capacidade de despertar pelo desejo. No mundo de hoje, o sexo se banalizou de tal forma que não tem outro sentido a não ser o orgasmo imediato. Sobrou a feiticeira da decadência, afastada da natureza: no começo do século XX, envolta em bordados e bastidores, e agora, no século XXI, em escritórios, dedilhando computadores, lendo revistas e vendo filmes cheios de corpos nus, disputando beleza e habilidades para um orgasmo desprovido de qualquer significado. O mundo está se tornando um lugar sem alma, onde homens e mulheres ganham e gastam dinheiro tão rapidamente quanto possível e pensam que isso, de alguma forma, é o sentido da vida — continuei.

Pérola anotou os nomes de livros que iria ler para entender melhor os períodos em que vivera, mas continuava apavorada com a experiência da Missa Negra. Preciso pôr em prática tudo o que sei para impedir que ela abandone a busca pelo passado de sua alma! Será que vou conseguir?

Meu querido João, por hoje é só. Também eu voltei a ler alguns livros sobre a Idade Média e rituais que foram se perdendo.

Um grande beijo,
Maria Moura

O FOGO

"Eu agi sempre.
Eu agi sempre para dentro.
Eu nunca toquei na vida.
Nunca soube como se amava...
Apenas soube como se sonhava amar."
Fernando Pessoa, *Livro do Desassossego*

Querido João,
    Uma supernova é uma estrela que de repente (este "de repente" significa algumas décadas) adquire um brilho muito intenso. O nome que lhe deram é totalmente errado, pois ela está no final da vida. Pode-se dizer que seu brilho intenso é por ela estar queimando os últimos cartuchos!
    O que sobra de uma estrela são os elementos pesados, que por sua vez continuam girando numa espiral de fumaça e mais uma vez, depois de milhões de anos, vão formar um novo sistema: é destes restos de estrela que se refaz a vida. Jamais acreditei no acaso. O caminho das primeiras células vivas até organismos complexos como nós, humanos, talvez tome uma forma muito

diferente em cada novo sistema, mas a meta é a mesma: um corpo com um cérebro no comando, capaz de abrigar e desenvolver almas ou espíritos. Como já mencionei, o cérebro humano tem um pouco dessa matéria fervida e refervida no final de vida de uma estrela.

Quando a gente olha o céu, não suspeita da grandiosidade do Universo e muito menos percebe os novos sistemas e galáxias em formação. Uma vida aqui na Terra é muito curta para que se possa analisar tais fenômenos. Mesmo noventa ou cem anos de vida são um relâmpago, se comparados ao tempo do Universo. Nossa existência é muito curta para não sermos imortais.

Desde que inaugurei meu consultório, costumo lidar com as angústias humanas: o medo, a culpa, o sentimento de insegurança. Mergulhei numa vasta gama de pacientes com os mesmos problemas e me acostumei à ideia de que não há nada de novo. O aparecimento de Pérola fez com que minha vida tomasse novo alento. Embora não fosse eu a viver as delícias do amor, sei que Gaspar tem o dom de fazer com que Pérola penetre um nível de consciência diverso. E esse desvendar da própria alma vai ajudar o desvendar da alma de muitas de nós, mulheres.

Talvez pelo fato de ver a alma dela se desnudando eu tenha meditado sobre a tragédia que se abateu tão repentinamente sobre nós, João. Por que nosso filho se foi? Estar no local em que está ocorrendo um tiroteio é parte do destino ou ele morreu por casualidade, antes da hora? Embora tenha acabado de te dizer que não acredito em acaso, tenho me feito estas perguntas nem sei quantas vezes. Por que não pudemos acabar de criar nosso filho, vê-lo ficar adulto, enfim, seguir as fases naturais da vida? Chego sempre à conclusão de que somos humanos e os seres humanos têm uma tendência a procurar sentido onde não há nenhum. A violência que a gente vê diariamente se espalhando mais e mais pelo mundo inteiro não faz sentido. Ou talvez seja o que define nosso momento aqui na terra: sobreviver num planeta superpovoado, repleto de violência e solidão.

Apesar deste prognóstico tenebroso, de as pessoas não saberem o que lhes vai ocorrer no próximo minuto, continuamos a andar para frente. Sabe por que, João? Porque confiamos na sabedoria do Universo. Porque temos fé na vida, nos seres divinos e na nossa própria divindade.

Mas, voltando a Pérola: em cada uma das consultas fui ensinando a ela tudo o que sei sobre relaxamento, respiração e concentração, enfim, a disciplina necessária para penetrar no mundo invisível, a fim de que ela fosse adquirindo o hábito de atravessar a ponte e se ver do outro lado sem sentir medo.

Para que a luz divina se manifeste, é preciso desligar-se de todos os pensamentos, aquietar a mente e conseguir o silêncio da alma. Neste estado, a primeira sensação é a percepção de que há outras vibrações ao nosso redor. Muitas pessoas já desistem aí, amedrontadas. Os que resistem à primeira prova começam, aos poucos, a identificar as vibrações, ou seja, os seres que estão ao nosso redor. Devagar vão desvendando o enigma da própria personalidade e alguns vislumbres de luz da própria alma imortal. Desde o oráculo de Delfos, que dizia "Conhece-te a ti mesmo e conhecerás os deuses", passando pelos exames de consciência que antecedem as confissões católicas e a invenção da psicanálise, a chave é mergulhar na própria alma. É dar de cara consigo mesmo! Aí estão as verdadeiras revelações! Não como em confissões públicas, que transformam tudo em circo, mas a centelha divina no fundo da própria alma. Então ocorre o milagre da comunicação com outros seres.

A lucidez sobre a própria personalidade é um elemento muito positivo para a saúde psíquica. Há pouco li um livro que mostrava a conexão entre as confissões católicas e o oráculo de Delfos. A Igreja romana quis confortar os fiéis conferindo-lhes o perdão divino. Em troca, exigia uma confissão explícita. Nenhuma outra igreja cristã e nenhuma outra religião atribuíram tanta importância à confissão detalhada e repetida dos pecados. Do oráculo ao sofá de Freud, existiu a contribuição enorme da confissão tal como é vivenciada no catolicismo, ou seja, precedida de um profundo exame de consciência.

Como você vê, João, a mesma organização que arrasou tanta coisa na busca do poder absoluto também soube aproveitar a tradição de Delfos mantendo nas pessoas o hábito de um profundo exame de consciência para alcançar o perdão divino e, especialmente, o próprio perdão. As tradições são sempre reaproveitadas.

Como já disse, a chave é mergulhar na própria alma, no inconsciente. Pérola teve a ajuda de uma paixão que agiu sobre todo o seu ser e vai desvendando o passado. É como se ela estivesse passeando calmamente pelas ruas e, de repente, ao invés de dar de cara com um extraterrestre, desse de cara consigo mesma. A sensação de pasmo e deslumbramento, no entanto, é a mesma. O susto foi tão grande que ela veio me pedir ajuda. E eu tinha consciência de que era preciso ser muito sábia para ajudá-la a entender que estava encarando a si própria, ao mesmo tempo em que era ajudada a descobrir um vislumbre deste grande mistério que é a vida. Por ínfimas que fossem as revelações, seria através delas que poderíamos chegar a um bálsamo para iluminar o futuro de tantas almas mergulhadas no desencantamento do mundo.

Quando falei, Pérola achou engraçadíssima a ideia de ter dado de cara com um extraterrestre e este extraterrestre ser ela mesma. Percebeu o quanto era uma desconhecida para si mesma. Aquelas visões lhe pareciam revelações de outro planeta e, com certeza, sua alma vinha de outro mundo! Com a curiosidade aumentando a cada dia, dedicava-se com empenho aos exercícios respiratórios e à concentração. Embora fizesse tudo com muita disciplina, demorou vários dias até conseguir a primeira imagem longe do círculo sob a lua cheia.

Era mais uma fogueira. Ao ver a primeira labareda, estremeceu. Teve que fazer um grande esforço para vencer o medo e a vontade de parar. No entanto, era como se houvesse uma voz a lhe dizer que era preciso continuar. Voltou a respirar com ritmo, tentando relaxar. Viu *flashes* muito rápidos de situações em meio ao fogo e abriu os olhos com a sensação de pavor. Não conseguia avançar. O medo do fogo a bloqueava. Retornou ao consultório muito desanimada.

Ao ouvi-la, senti que o bloqueio era forte. Tentei animá-la, mostrando que conseguira em tempo muito curto ter uma visão.

Mas Pérola ficava apavorada diante do fogo. Se em outras vidas vivera aquelas cenas, sempre envolta em labaredas escaldantes, não queria repeti-las. Saíra da Missa Negra extenuada. Embora seu corpo estivesse intacto, e mais saudável do que nunca, sentira nitidamente a sensação de ter dançado e estrebuchado como uma ensandecida ao redor da fogueira, sem falar na visão anterior onde sentira o corpo vivo arder nas piras da Inquisição! Tentei fazer com que se concentrasse no sabá, um ritual com estrutura de festa. Mas Pérola me fez ver que não era uma questão de querer. Sua vontade era seguir em frente, mas diante das labaredas, não conseguia.

Com outras pacientes eu utilizava o método da hipnose contra medos e bloqueios impenetráveis. Acho muito eficaz, e resolvi tentar. Queria que Pérola atingisse o ponto onde estava o medo do fogo e seu bloqueio, para que pudesse desmanchá-lo.

Ela deixou-se hipnotizar sem problemas, mas não chegou ao medo do fogo, e sim às mesquinharias desta vida, pequenos erros condenados por sua mãe e depois por seu marido, ou pelos dois ao mesmo tempo.

É incrível como o martelar constante e diário de influências corrosivas, como as críticas mordazes — porque se misturam no cenário cotidiano de nossas vidas —, podem causar traumas psicológicos ainda maiores do que um único fato traumático: são ainda mais difíceis de exorcizar.

Em todas as consultas em que tentamos a hipnose, Pérola não foi além desta vida. Talvez precisasse se livrar de dores difíceis de serem captadas para depois prosseguir. Na sua vida de casada, seu marido incorporara-se à figura da mãe, do pai, da ordem, do não poder se exceder, não poder fazer nada que realmente lhe desse prazer. Com certeza isto a mantinha fragilizada.

Fora da hipnose, Pérola confessou que tanto seu marido como sua mãe viviam a criticá-la. No começo, sentia-se atordoada, com forte depressão. Com o correr dos anos, aprendera a conviver com a situação. Já sabia que em tudo o que fazia encontravam um ponto passível de censura. Então, ela mesma entrava no jogo tentando adivinhar qual seria.

— Se José sempre viveu a criticar seus erros e não lhe dá prazer, não fez outra coisa na vida a não ser lhe sugar as energias, quero que você me explique como sobreviveu com um homem assim por tanto tempo! — eu estava curiosa.

— Nem sei. Não queria decepcionar as pessoas à minha volta...

— E o prazer, o sexo?

Pérola corou, esfregou as mãos. Seus olhos se perderam pelas paredes. Fechei os olhos e esperei pela resposta, tentando passar a ela uma energia que lhe desse coragem para falar.

— Eu... eu me masturbo — ela balbuciou, corando até à raiz dos cabelos.

Não posso negar que ela não cansava de me surpreender.

— Você se imagina fazendo amor com homens conhecidos ou com atores de novela ou filme? — segui com as perguntas, afinal era preciso chegar até o fundo da questão.

Ela balançou negativamente a cabeça.

— Com personagens inventados, destes que não se conhece a imagem, cujo físico é pura imaginação — ela sorriu, seu peito vibrou. — Talvez a figura sempre presente tenha sido Gaspar!

Por fim, Pérola confessou estar surpresa com suas próprias revelações. No fundo da alma, sempre soube que não sentia prazer nas relações com seu marido, mas fingia com tanto empenho que acabava por acreditar. Além do mais, achava que o prazer era reservado aos artistas de cinema e das novelas de televisão. Foi preciso a hipnose para que tudo aquilo lhe viesse à mente e o confessasse para si mesma! Com um profundo suspiro, chegou à conclusão de que o grande mistério era ela, era cada ser humano desconhecido de si mesmo que caminhava com sua absurda imponência sobre o globo terrestre.

Depois de tantas revelações, falei muito sobre o amor, não como uma terapeuta diante da paciente, mas como uma mulher diante da outra. Disse a ela que nosso modo de amar tende a refletir as experiências da infância, o egoísmo jamais resolvido e a guerra de egos. Nessa época em que vivemos, cheia de fragmentações e obsessões, com o computador e a realidade virtual, o amor tende a ser mais sensorial do que sensual, mais masturbatório do que carnal e mais imaginado do que vivido. Nestes termos, ela podia-se classificar como moderníssima!

Ocorreu-me que talvez o amor, visto como um simples orgasmo, fosse na maioria das vezes virtual. Mesmo na presença do parceiro, cada um estava fundamentalmente imerso na própria fantasia. Com tanta propaganda e atos sexuais mostrados ao vivo nas telas, quando se estava com um parceiro o importante era tentar fazer com que a fantasia funcionasse o mais próximo possível do real! Ou vice-versa!

— Hoje, as pessoas podem manter um caso por e-mail, e só o que funciona é a imaginação. A maioria das vezes nem se sabe como é a cara do parceiro!

— Nesse caso, sou mesmo muito moderna! — ela repetiu.

Embora a expressão de Pérola fosse tranquila e relaxada, como se a tivessem livrado de um peso, sua alma vivia um turbilhão de emoções. As revelações daquela tarde haviam sido fortíssimas, talvez mais fortes do que as visões com as fogueiras escaldantes.

Fiquei aliviada quando ela se foi. Também eu precisava digerir tudo o que ouvira.

Ela fechou a porta e eu peguei a carta do tarô, a Sacerdotisa. Olhar aquela figura tão intrigante sempre me trazia a imagem de Pérola, mas naquela tarde foi como se a figura me hipnotizasse. Sem que pensasse no que estava fazendo fui para nossa casa, João. O plantonista da corretora que está tentando vendê-la já havia saído e fiquei lá, andando pelos cômodos vazios. Então fui eu a ter visões, não de outras vidas, mas da nossa vida. Na penumbra do entardecer pude rever muitos dos momentos vividos por nós dois. Foi como se andando na nossa casa eu estivesse hipnotizada e pudesse não apenas viver, mas possuir cada momento vivido, ligar a consciência a eles e então não propriamente entender, mas sentir que cada um daqueles momentos era a vida, a minha, a nossa vida. Senti tudo aquilo como uma forma luminosa se debatendo dentro do meu ser e já não havia tempo ou espaço para trazer tudo de volta, mas havia a certeza de que eu estava viva e que, também eu, era uma desconhecida para mim mesma.

Meu querido João, senti a falta de nosso filho, mas especialmente a sua. Deus do céu! Como senti falta de sua presença física, de você vivo ao meu lado. Dos seus carinhos, dos nossos carinhos! Retornei ao meu flat e senti o quanto ele é frio e vazio. Talvez para não me entregar a uma crise de melancolia, voltei a pensar em Pérola. Afinal, foi a partir da entrada dela em meu mundo que diversifiquei minhas visões da vida.

Diante das palavras dela pensei, num primeiro momento, que a liberação sexual tivesse ocorrido há algumas décadas e Pérola não precisava aguentar um homem que não lhe dava prazer! No entanto, ela fora bem clara ao afirmar que, até encontrar Gaspar, não havia outro homem que lhe revolucionasse as emoções! Bastava-lhe um marido a quem dedicar ternura e amizade. Jamais sentira necessidade de outro homem.

Nas diferentes formas de ver a vida a que Pérola me obrigou, também estou revendo a liberação sexual. Com certeza posso afirmar que o feminismo inteligente e provocante dos anos 1960 se perdeu no estilo vazio da cultura contemporânea, nas bundas e peitos de silicone, ou seja, no corpo como requisito máximo, não a personalidade ou a pessoa em si.

Quando tudo começou, quem primeiro se aproveitou da ideia foi a política, especialmente o pessoal da esquerda, que era oposição: o corpo contra o poder. A extravagância de se aparecer nu, o sexo livre, era uma afronta ao poder estabelecido. A indústria descobriu que o corpo, antes de ser uma potência revolucionária, tinha um enorme potencial de mercado. O corpo virou uma coisa autônoma, um objeto a se manipular e a se adequar especialmente à cultura do narcisismo. Isso, claro, favorecia a guerra dos egos, dificultando as verdadeiras uniões. O sexo, longe de ser a consumação do amor, passou a ser mais um esporte, uma atividade que precisa de treino para obter um bom desempenho. Isto, sem falar na medicina, que seguiu a linha de impor a boa saúde, não como um componente do bem estar, mas como um dever ético. É preciso manter em constante vigilância cada órgão! Tornou-se uma vergonha não estar com todos os níveis dos componentes sanguíneos dentro dos padrões estabelecidos sabe-se lá por quem. A velhice e a gulodice viraram pecados mortais! A necessidade moral de se manter em forma através das academias, de dietas extravagantes, cirurgias plásticas, hábitos excêntricos e pílulas para tudo conforta cada um em sua prudente distância dos outros! Devido a uma desconhecida razão, a humanidade tenta condenar seus semelhantes a um vazio de precipício sem fundo. Por sorte Eros ainda sobrevoa o mundo sem que as pessoas percebam e lança sua flecha, independente de nossa vontade.

Uma paixão verdadeira é uma experiência com potencial para desvendar todos os enigmas de uma vida. No entanto, tanto pode trazer a capacidade criativa como o impulso destrutivo. Ao se apaixonar e casar com José, Pérola deparou-se com a falta de prazer. Seria uma experiência repetida de outra vida, em que enfiara um espinho de porco no coração de um boneco? Será que naquela época se masturbava sobre a relva, idealizando o parceiro com tanta força que o marido e os inquisidores eram capazes de ver a imagem sonhada por ela? No *Martelo das Feiticeiras* os teólogos afirmam que as mulheres copulavam com demônios e que, terminado o ato, eles saíam de cima delas e se esfumavam, numa imagem semelhante à de um homem! Seria isso um verdadeiro elemental criado pela força do pensamento? Será que nesta vida, passados alguns séculos, ela se masturbava com os mesmos elementais?

Meu querido João, que seria deste mundo sem o amor? Sem a flecha de Eros, o mundo não seria o mesmo. Os alquimistas diriam que, sem o fogo divino da paixão, o espírito de ouro do homem permaneceria encerrado no chumbo frio da carne.

Hoje escrevi demais. Fui escrevendo tudo o que me veio à cabeça. Afinal, este não é um texto acabado de um escritor sério como seu amigo Alberto. Num texto virtual a gente pode arriscar tudo! E ainda há muito que contar! Tenho certeza de que você está muito curioso para saber até onde Pérola chegou!

Um beijo muito carinhoso,
Maria Moura

O CRISTAL

"A profunda alegria do coração é como uma bússola a indicar
o caminho da vida. É preciso segui-la, mesmo que se entre numa trilha
repleta de dificuldades."

Madre Teresa

Querido João,
Como venho afirmando em cada parte do meu relato, a experiência com as visões de Pérola tem me ajudado a entender ou aceitar melhor os fios que conduzem a vida. Agora que escrevo, penso na coincidência que levou você ao congresso. Que fio do destino se mexeu e fez com que seu amigo Alberto, sem me conhecer, insistisse e convencesse você a ir? Tenho falado por telefone com Alberto. Tenho enviado a ele cópias dos e-mails que te envio. Ele tem tamanho interesse no caso de Pérola que chega a me assustar! Afirma que penetrar a memória do mundo o deixa mais confiante em não ser somente uma máquina biológica movida a proteínas e elementos químicos. Também o fato de ter conhecido Pérola fez com que tivesse certeza de que ele e sua esposa Tânia já estiveram juntos muitas

vezes e vão estar novamente. Ele não entende o porquê de nós dois sofrermos separados. Bem, este é um assunto que com certeza vamos ter que encarar.

Com a história de Pérola, reforçou-se nele a ideia de que há uma alma imortal e reaproveitável. Achei interessante o termo 'reaproveitável'. Ele afirmou que no pingo d´água que representam os dez mil anos de História humana no nosso planeta, o fato de a energia da alma passar por diversas experiências talvez seja realmente um aprendizado para futuras incursões em sistemas que nem temos noção do que sejam. É muito difícil para nós compreender esse conceito de existir sempre, na eternidade. Com certeza temos um contrato com Deus de que assim é e sempre será da eternidade até a eternidade, por todos os séculos e séculos, amém. Talvez você e Alberto também divaguem sobre esses assuntos enquanto escrevem artigos sobre economia! Afinal, ela é e sempre será um estudo sobre como os donos do poder vão conseguir a fórmula para gastar mais do que conseguem arrecadar com os tantos impostos que criam! Uma das coisas de que mais sinto falta na nossa separação é justamente o fato de não ter com quem falar sobre o que estou fazendo, pensando, enfim, comentar minha vida, a racionalização de minhas atividades. Acho que é isso que me leva a escrever tanto.

Bem, mas retomemos o nosso caso. Como disse, Pérola tem muitos bloqueios, o medo do fogo, a falta de apoio em casa. Além de mim, não contou a ninguém sobre as visões. Para o marido, aliás, concordo que seria arriscado. Em sua família não pode mencionar nada do que vivencia. Se tivesse que esconder um relacionamento proibido não seria tão complicado e frustrante.

Em nossas consultas, concordou ser uma Bela Adormecida que despertava depois de cem anos e descobria novos significados para a própria vida. Sabe também que o corpo e a mente que percebemos nesta vida são apenas alguns fragmentos do espírito pleno, e que somos desconhecidos para nós mesmos!

Quando relatadas no consultório, suas experiências fazem sentido. No entanto, quando volta para casa e mais uma vez se depara com obrigações enfadonhas, todos esperando dela a solução para cada detalhe do dia, a comida, a roupa, a casa limpa, e ainda reclamando das pequenas falhas, enfrenta um conflito alucinante. Sem falar nas dificuldades em encontrar tempo para a concentração e a meditação. Havia dias em que queria fugir de tudo aquilo e se atirar nos serviços domésticos, arrumar todos os armários da casa, lavar os banheiros, esfregar a cozinha e se deixar envolver pelos aborrecimentos. Fazer bolos e doces, sobremesas e pratos especiais e depois comer tudo até o embotamento dos sentidos. Chegou a confessar que diversas vezes tivera vontade de esquecer sua vida desde o encontro com Gaspar, rasgar o caderno de anotações e voltar a ser o que sempre fora: uma simples governanta do lar. Afirmou que mulheres escolhiam aquele destino por ser mais fácil. Não precisava pensar, era só se deixar levar pelas obrigações cotidianas!

Nas consultas em que era acometida por este tipo de depressão, eu deixava que dissesse tudo o que lhe ia pela alma. Por vezes, até incentivei-a a continuar. Era preciso que superasse os estragos das críticas mordazes, o dia-a-dia de mortificação num mundo aparentemente feliz. Era preciso fazer com que ultrapassasse a corrosão da alma, trazendo-a de volta às delícias do sonho de amor.

— Ninguém que tem a graça de penetrar o mundo interior pode abandonar a busca — argumentei. Sabia que a superação de obstáculos e dificuldades acelerava o progresso espiritual. E eram as almas mais fortes que escolhiam carregar os fardos mais pesados. — Antes de vir a esta vida, você deve ter escolhido passar por estas provas!

Nem sei quantos argumentos usei para fazê-la compreender que, embora o seu dia-a-dia continuasse fazendo os estragos de sempre, a grande transformação estava ocorrendo dentro da sua alma!

— Quantas pessoas vêm a mim ou a outros especialistas tentando uma regressão e não conseguem. Quantos se aproximam de falsos especialistas, que lhes contam histórias de César, Cleópatra ou Napoleão e acreditam que foram figuras importantes, o que pode até fazer bem para o ego, mas não esclarece coisa alguma. No seu caso, não foi você quem tomou a decisão, mas a paixão que despertou fragmentos da sua existência, da existência da sua alma. Você não precisou de coragem para mudar, a vida o fez por você!

Ao mencionar que a vida mudava as coisas por nós, sem perceber, toquei num assunto muito dolorido. Falei nas tantas mães que estão exatamente como ela, cozinhando e zelando pelo bem da família, vivendo a vida através das novelas e romances ou através da realização dos filhos e do marido quando de repente lhes chega a notícia de que um deles foi baleado por alguém que queria roubar o relógio ou o carro! De uma forma muito mais drástica, através da tragédia e não do amor, a vida se transforma. A partir de uma tremenda chacoalhada, a pessoa tem que decidir: afundar na tristeza ou enfrentar o mundo?

Ao mencionar este assunto, percebi que ficáramos tão amigas que eu já começava a falar do nosso filho morto, da desgraça que se abatera sobre nossas vidas e que me colocou num conflito: deveria afundar na tristeza ou sair da situação de uma forma criativa? Então fui eu a confessar que ao pensar em nosso filho, na perda, custei a compreender que eu temia o sofrimento. Quando tudo ocorreu, achei que para não sofrer era preciso cortar os laços com o exterior, me fechar sobre mim mesma. Todo o caso de Pérola me fez ver que não se pode viver pensando que é preciso furar os olhos, para não enxergar as coisas ruins da vida. Depois de nossas conversas, confesso que comecei a fazer com regularidade os exercícios que ensinava a ela. Eles têm me ajudado a enfrentar melhor a dor, a nossa dor, meu querido João!

Numa das tardes em que Pérola estava realmente desanimada, abri a gaveta e peguei meu cristal mais bonito: a ametista. Coloquei-o sobre a escrivaninha e pedi que o observasse, que o pegasse, tocasse, colocasse sobre cada um dos chacras. Que respirasse fundo, tentasse visualizar a pedra e tentasse se ver dentro dela, deslizando por seus veios.

Percebi que ela começou a se descontrair. Quando a vi menos tensa, realmente interessada no meu cristal, mencionei que a matéria nada mais era do que um determinado padrão de energia que ganha aparência de solidez! Ela, claro, arregalou os olhos de surpresa. Aquela ideia lhe pareceu tremendamente absurda. Pegou novamente a pedra e observou-a com mais vagar.

— Você sabe que ela é feita de átomos que, por sua vez, são compostos de prótons, nêutrons e elétrons e talvez alguns outros elementos ainda não descobertos, todos num movimento constante?

Pérola bateu levemente a pedra na mesa para constatar a solidez e pela primeira vez, sorriu.

— Casei muito cedo e não tive tempo para estudar — sorriu, um pouco encabulada.

— Não sou uma cientista, mas sei que a física tem avançado em terrenos desconhecidos. Até bem pouco tempo, acreditava-se que o universo funcionava de uma maneira previsível. No entanto, todo o trabalho da vida de Einstein foi mostrar que o que percebemos como matéria sólida é, em sua maior parte, espaço vazio percorrido por um padrão de energia. Isto inclui o homem. E o que a física quântica revelou é que quando observamos esses padrões de energia em níveis cada vez menores, podemos ver resultados surpreendentes. As experiências demonstram que quando se fragmentam pequenos componentes dessa energia e tentamos observar como funcionam, o próprio ato da observação altera os resultados, como se as partículas fossem influenciadas pelo que o cientista pensa. O material básico do universo, em seu âmago, parece uma espécie de energia pura maleável à intenção e expectativa do pensamento. Neste começo de milênio, os físicos estão se transformando em místicos para confirmar o que os místicos dos primórdios da humanidade sabiam intuitivamente.

— Quando se é dona de casa, não se tem ideia de quem é o presidente ou o governador, quanto mais saber sobre física e partículas conscientes! Eu precisaria de anos de estudo para entender essas coisas!

— Não se preocupe demais. Não são as explicações que nos levam em frente. É a nossa vontade de continuar! Muitas vezes, quando as coisas começam a acontecer e o caminho se revela para nós, temos medo de seguir adiante.

Ao dizer isso, pensei, é claro, nos padres e pastores que fazem aquele sermão na base do faça o que eu falo não o que eu faço. Eu, que estudei alguns anos de psicologia, trabalho na área e continuo estudando, não consegui aceitar a morte do nosso filho! Tentei furar os olhos para não ver ou não sentir a dor de viver tal tragédia!

Disse a ela que a reencarnação é um fato, mas que não acredito que a gente volte à terra para pagar pecados de outras vidas. Se fosse assim, a alma, doutrinada num exercício de séculos, atingiria a perfeição da tolerância. Acredito que a cada nascimento nosso ser tem que se adaptar às circunstâncias do universo naquele instante. Nosso planeta vai mudando de vibração e é preciso sair-se bem, reagir da melhor forma a cada momento histórico. Na nossa época é preciso viver sem amor, com a desagregação total dos sentimentos: o contraponto da solidão num planeta superpovoado. E no meio disso tudo, Pérola vivera um amor mágico e não queria acreditar nele! Estava com medo de seguir na direção em que ele a estava levando!

Ao escrever sobre ela, comparo as situações. Ela não sabia lidar com aquele amor tão real. Eu me desagregara diante da morte. No entanto, ao ajudá-la a lidar com as revelações do amor, eu estava entendendo e aceitando melhor a morte. Não há dúvidas de que o amor é o agente das grandes transformações. Foi ele quem despertou Pérola para uma outra realidade, e a estava levando a uma viagem pelo âmago da alma. Estou indo no embalo! Dizem que quando Deus dá uma graça e a gente não sabe aproveitá-la, ela vira maldição. Nós duas temos que mergulhar na graça que Ele está nos proporcionando!

Naquele dia, depois de toda a minha preleção, nem sei se para ela ou para mim mesma, ela me olhou e afirmou:

— Talvez a força do seu pensamento esteja pondo minhas energias em movimento.

Para minha surpresa, ela prestara atenção e especialmente compreendera o que eu havia dito. Em seguida, num gesto inédito, pois tenho imenso ciúme de minhas coisas, dei a ela a ametista.

— Quando você desanimar, pegue a pedra, sinta sua energia entrando em cada um de seus chacras e lembre-se de tudo o que falamos. Relaxe e faça os exercícios. Siga a viagem mágica pela própria alma. Vamos descobrir muitas coisas, especialmente sobre as etapas da vida de nós mulheres aqui na terra.

Antes de sair, Pérola disse mais uma vez que suas partículas de energia haviam recebido uma mensagem da força do meu pensamento. Sorriu com confiança ao afirmar que continuaria com os exercícios.

Senti uma pontada de remorso. Estaria forçando demais aquela mulher? Mas, em seguida, pensei que Deus permitira o beijo mágico e a paixão que a colocara naquele caminho! E Ele jamais dava tarefas que sabia que um filho não aguentaria! Minha missão era iluminar um pouco mais a trilha para não deixar que a energia se apagasse.

Talvez pela influência da ametista, ou do meu pensamento, ou de sua curiosidade em desvendar a própria alma, quem sabe tudo isso junto, o fato é que, mesmo que sua família não tivesse o menor interesse no que ela fazia, mesmo que tivesse que praticar meditação como se fosse um ato pecaminoso, Pérola jamais parou com os exercícios. Queria decifrar por que motivo aquelas lembranças lhe chegavam, sabe Deus de onde! Quem era ela? De que eras longínquas vinha sua alma, para que tivesse vivido tantos eventos ao redor do fogo e chegasse na atualidade a uma vida tão insípida?

Com a ametista no coração, durante suas meditações, ela teve a certeza de que a cada nascimento o ser humano revivia toda a história do mundo e tinha de se adaptar às circunstâncias do universo, às vibrações do planeta naquele momento. Percebeu que nossa alma não retornava à condição humana para pagar pecados, mas para aperfeiçoar alguma coisa, para aprender lições e saber sair-se cada vez melhor nas diversas situações.

Bem, vou te contar o pior, João, ou quem sabe o melhor! Depois de todo o meu empenho, ensinando-lhe as diversas técnicas, dando-lhe a minha ametista mais bonita, sabe o que fiquei sabendo na consulta seguinte? Gaspar telefonou e todos os bloqueios desapareceram, como que por obra de magia!

Assim que Pérola entrou no consultório, vi seus olhos boiando numa poça de luminosidade. Confesso que cheguei a ficar enciumada. Afinal, eu trabalhava tanto por suas energias e bastava um telefonema de Gaspar para desbloquear o medo do fogo e fazer seu ânimo retornar com força total!

Ela narrou o telefonema como se fosse uma adolescente. Era como se a vibração que vinha de Gaspar valesse mais do que anos de meditação e exercícios de concentração! O beijo daquele homem despertara Pérola, e a promessa de um novo encontro a projetava de volta à vida.

Ela voltou a fazer os exercícios de meditação com muito desejo de conhecer a própria alma. Mais uma vez, Pérola visualizou o fogo, mas continuou sem bloqueio algum. Não era para castigá-la, mas para trazer-lhe calor, felicidade. Via-se solitária, em baixo de uma árvore frondosa. Um vulto se aproximou. Era uma camponesa assustada. Seus olhares se encontraram. A camponesa tirou a imensa mantilha na qual viera envolta. As duas se cumprimentaram como velhas conhecidas e seguraram-se as mãos.

— Se sabem que estou aqui, me matam!

A respiração da camponesa estava agitada.

— Ninguém vai saber — Pérola tranquilizou-a.

Tímida, esfregando as mãos, a camponesa pediu-lhe que a fizesse bela para ser amada por seu cavaleiro, tão soberbo sobre seu cavalo que mal a olhava. Sonhava com ele todas as noites e sabia que um dia viria a ela, havia uma voz muito nítida a lhe afirmar isso. Ela confiava na voz, mas queria apressar um pouco o destino. Queria uma poção que pudesse colocar em sua taça de vinho e fazer com que ele se voltasse para ela com o amor que também estava no coração dele. Não podia fazer esse pedido à Virgem da igreja. Uma virgem não poderia entender suas aflições, precisava da proteção de uma deusa poderosa, a deusa que reinava na floresta.

Pérola escutou. Em seguida, jogou algumas ervas no fogo e, enquanto as salamandras se erguiam e tornavam-se poderosas, executou um ritual, não para que o fogo destruísse, mas para que esquentasse o coração do cavaleiro. Ao entregar um frasco cheio da poção para a camponesa, disse:

— Você veio a mim e eu transmiti seu pedido à deusa, mas pode ir à igreja cristã e rezar à Virgem.

A camponesa olhou-a assustada, e ela explicou:

— Os cristãos a tomaram de nós. Ela representa as grandes sacerdotisas da natureza. Quando você se dirigir a ela, não pense em sua virgindade, uma ideia criada pelos homens. Pense nos poderes da grande senhora da natureza, da mulher que gerou em suas entranhas a semente de Deus. Os homens, que engendraram um único Deus todo-poderoso à sua imagem e semelhança e com capacidade para dominar todo o mundo conhecido, quiseram nos impor somente figuras masculinas. Quando viram que sua igreja não resistiria, fizeram concessão à Virgem. Repare no seu manto de deusa, o cetro do poder em sua mão direita, a auréola de luz em volta da cabeça. Exatamente como nossas sacerdotisas!

Com um ar de incredulidade, a camponesa pegou a poção mágica que lhe era entregue, agradeceu e se foi. Pérola retomou o ritual. No final, sentou-se no chão. Pouco a pouco, seres minúsculos apareceram ao redor da árvore. Sorriam e brincavam, bebiam golinhos de orvalho, deslizavam pelas folhas.

Recostada na raiz do grande carvalho, Pérola sabia que, por minúsculas que fossem, as fadinhas tinham coração, tinham necessidade de ser amadas. Gostavam de conversar, contar suas proezas. Eram cheias de fantasias. Algumas eram caprichosas, mal-humoradas. A linda rainha havia mandado fazer uma carruagem de casca de noz. Estava ali, exibindo-a com orgulho.

Pérola colocou pratinhos com doces sob as plantas e elas se fartaram, agradeceram. Voltou-se para o céu muito azul e agradeceu. Adorava aquela paz alegre perto do grande carvalho, onde podia sentir a vibração dos elementais. Mesmo perto do fogo, vivia um êxtase de felicidade. Em seguida, a visão se dissipou.

Dias depois, conseguiu mais uma visão que começava ao lado do fogo, desta vez um braseiro que aquecia sua cabana no meio da floresta. Viu-se sozinha, fiando, cozinhando, sonhando, enquanto o marido estava na floresta.

A cabana era úmida, mal vedada. O vento do inverno assobiava. Nos cantos obscuros ela aninhava seus sonhos. Havia a roca, a cama, o baú, o fogo. Tudo seu! A mesa, o banco, dois tamboretes.

Pressentiu alguém se aproximando e colocou objetos dentro de uma sacola. Quando um rapazinho bateu na porta, saiu às pressas. Os dois correram pela floresta afastando galhos, até que chegaram a uma cabana pobre como a dela. O rapaz abriu a porta e ela entrou. Havia outras pessoas. Sobre a cama, a parturiente suava, gemia de dor. Ela alisou-lhe os cabelos, fez com que engolisse a poção que trazia, deu ordens para as outras. Era preciso ativar o fogo, esquentar água.

A luta pela vida tornava-se feroz. O vento assobiava, o fogo crepitava e a parturiente se esforçava e gemia, até que finalmente a cabeça da criança apareceu e ela puxou o resto. A menina respirou o primeiro ar e foi colocada sobre a mãe já esquecida do sofrimento e sorrindo para o mundo. Mais um tanto de labuta e terminaram o parto.

Pérola sentou-se numa cadeira ao lado da lareira com a menina enfaixada no colo e se concentrou. Antes que tomasse o primeiro colostro do peito da mãe, mesmo sem abrir os olhos, a menina pressentiu as fadinhas chegavam nas asas de um pássaro azul, desciam pela chaminé e revoavam ao seu redor. Pérola sabia que estavam traçando um destino, conferindo-lhe o dom. Conhecendo-as, sabendo que eram caprichosas, elogiou-lhes as mãos de fada e lhes pediu que tecessem tramas maravilhosas naquela vida que despontava. As fadinhas reuniram-se em confabulações, sobrevoaram a criança e a envolveram no brilho de seus minúsculos corpos. A visão se foi.

Numa outra concentração, Pérola viu-se novamente numa cabana bastante rústica. Já era noite. O marido estava lá, havia ativado o fogo. Estava muito agradável lá dentro. Ela preparou a comida. Os dois comeram. Após o jantar ela anunciou que precisava sair. A resposta do marido foi uma frase autoritária, acompanhada de um olhar cortante:

— Não vai!

Ela tentou demovê-lo, mas ele a proibiu com o argumento de que aquela maluquice de acalentar os espíritos da floresta ia acabar mal. Ela não respeitou a proibição. Esperou que ele adormecesse e saiu.

No alto da montanha havia o castelo, negro e ameaçador. Em sua própria casa, seu homem tinha medo de que o padre os renegasse por ela estar envolvida com os velhos espíritos da região. Não podia, no entanto, abandonar os amigos. Carregou uma madeira em brasa até o grande carvalho. Sabia que os espíritos moravam no coração dessas árvores e não estavam isentos de aflições, sofriam no inverno por gostar demais do calor. Como fazia todas as noites, chamou-os, levou-lhes o calor do fogo e alguns doces. A voz deles lhe dizia que arriscava muito, que o mundo estava tomando um rumo desconhecido. O padre havia estado diversas vezes por lá com sua água benta e sua cruz para expulsá-los. Tais artifícios não tinham efeito algum sobre eles, que continuavam ali. O perigo era para ela!

Ao retornar, encontrou o marido furioso, ameaçando-a com uma surra e, pior, afirmando que mais uma desobediência e iria denunciá-la à igreja. Pela primeira vez, via nos olhos dele um lume diferente. Sabia que ele cumpriria a ameaça. E também que, se ele a denunciasse, iriam queimá-la ou enforcá-la.

Ao entardecer, mais uma vez teve a visão de uma fogueira acesa. Estava com roupas diferentes, muito tempo se passara, mas o velho carvalho ainda existia. Um ritual havia se interrompido. Havia um silêncio opressivo no ar, e ela sabia que não era em respeito aos clérigos que se aproximavam, mas por medo do que poderia acontecer.

Foi então que ocorreu o inacreditável. Obedecendo a uma ordem, alguns lenhadores cheios de fúria atacaram a velha árvore. Ao ver o carvalho desabar a machadadas, Pérola viu-se tomada por um estranho sentimento. Atirou-se ao chão. Rolando em convulsões, comia terra, arranhava as unhas nas pedras, engrola-va a língua em impropérios.

— Endemoninhada! — ela ouviu, e em seguida amarraram uma corda em seu pescoço e a enforcaram numa árvore próxima. Ela nem sentiu dor, apenas um sufoco medonho e se viu sobre a cena.

Ao mesmo tempo em que contemplava o próprio corpo numa dança sinistra, ainda estertorando pendurado na corda, soube que naquele lugar sagrado, sobre o espírito da grande árvore, construiriam uma catedral dedicada à Virgem, a Notre Dame.

Querido João, as visões de minha paciente são maravilho-sas, nos mostram detalhes das transformações pelas quais o mun-do vem passando. Acho até que me empolguei e escrevi demais, o que venho fazendo em cada e-mail! No entanto, tenho certeza de que você está gostando e que fica ansioso esperando o próximo!

Aí vai um beijo muito especial, deslizando das asas de
uma borboleta azul!
Maria Moura

POSSESSÃO

"Acima da verdade estão os deuses.
A nossa ciência é uma falhada cópia
Da certeza com que eles
Sabem que há o Universo."

Fernando Pessoa

Meu querido João,
Os telefonemas de Gaspar eram muitos, e foram se tornando parte da rotina de Pérola. No começo a emoção era muito grande e ela se perdia em êxtases. Com o correr do tempo, foi se convencendo de que suas almas se conheciam há muitas gerações, o que lhe atiçava a curiosidade e a incentivava a buscar novas maneiras de penetrar a memória do mundo. Ela sentiu que a melhor forma eram os exercícios de concentração e meditação. As visões vinham em *flashes* muito rápidos, como as anteriores que narrei. Em todas ela aparecia como uma mulher voltada para a natureza, dedicada aos espíritos da natureza. Por vezes, via cenas que se encaixavam e completavam outras vivências. Aos poucos, cada detalhe fazia sentido. Com as emoções fervilhando,

ela ansiava pela lua cheia. Queria visões mais profundas, queria saber de onde vinham sua alma e a alma de Gaspar!

No entanto, naquele mês, quando a lua entrou na fase cheia, o céu estava encoberto, a noite estava fria, garoava. Mesmo que enfrentasse o frio e se pusesse sob a jabuticabeira o clarão da lua não teria como ultrapassar as nuvens e vir para o seu círculo. Passaram-se dois dias e ela já estava desanimada. Foi só quando a lua começou a se mostrar com uma pequena sombra e a chegar muito tarde ao céu que as nuvens se foram e a lua banhou de luz o seu quintal. Ela pegou a colher de pau e a vasilha com água e foi para debaixo da jabuticabeira. Riscou o círculo e fechou os olhos. Imediatamente sentiu-se transportada no tempo e no espaço.

Era uma cidade com o chão de pedras irregulares e ela se viu chegando esbaforida. Alguém a chamara e pedira que ela trouxesse a erva das feiticeiras para que o confessor do monastério finalmente confessasse seus muitos crimes.

Havia grande tumulto na praça. O confessor estava lá, em trajes de gala, mas o centro das atenções não era ele: era uma das enclausuradas do monastério. Pérola a conhecia, sabia que era uma das amantes do confessor, uma mulher não muito jovem, de família importante e muito respeitada pelas companheiras.

Uma das serviçais do monastério se aproximou. Ela entregou-lhe a garrafa e a moça desapareceu no aglomerado de gente da praça. Pérola observava com a respiração em suspenso: alguma coisa estava fora de controle.

A enclausurada estava de camisola no meio da praça e rolava pelo chão, uivava, sufocava-se no ar que respirava. Médicos e cirurgiões corriam para perto dela, também vestidos como a notícia os pegara na cama. Em pouco tempo qualificaram seu estado como sufocação uterina e quiseram aplicar-lhe ventosas. Enquanto alguém as providenciava, conseguiram separar-lhe os dentes trincados e a fizeram engolir uma forte aguardente, o que fez com que se acalmasse e recobrasse a razão.

Sentado numa poltrona que mandara buscar especialmente para si, lá estava o confessor e pároco. Pérola olhou-o com um ódio que lhe amortecia as entranhas. Trouxera a poção que há tempos preparara especialmente para ele, mas percebeu que não seria ele a ingeri-la. O tumulto aumentava e ela sabia que não poderia se aproximar para retomar sua garrafa. Surgindo de uma esquina, um cortejo despertou os gritos da multidão que se juntava. Com um barulho infernal, chegavam os clérigos paramentados, o aparato do exorcismo. A multidão, que já era grande, aumentava a cada momento.

— O que está acontecendo? — perguntavam.

— A mulher está endemoninhada! — era a frase que corria de boca em boca.

Pérola não podia acreditar no que via. Não podiam fazer aquilo com uma mulher indefesa. Era do conhecimento de todos os moradores da cidade que aquele confessor havia desonrado todas as mulheres do convento! Com sua beleza física e sua prepotência, sendo o único a quem era permitido se aproximar das reclusas, havia feito não só mal físico, engravidando-as, mas também as enlouquecera de paixão. E estava lá sentado, vendo aquela mulher se debater em desespero e afirmando que era ela a endemoninhada!

Quando se acalmou, a mulher olhou à sua volta como que pedindo misericórdia. Ali na praça não havia carrasco ou instrumentos de tortura que a fizessem soltar um pouco a língua, então a obrigaram a beber vinho. Ela se recusou, mas forçaram até que ela o engoliu, lambuzou-se, mas não confessou qualquer pacto com Satanás.

Pérola viu a garrafa que trouxera sendo aberta. Caiu de joelhos e pediu aos espíritos e forças que a ajudavam que não permitissem que sua poção fosse usada para aquele fim, que não fizesse efeito!

Com a alma quase a lhe escapar, viu quando abriram a boca da mulher e enfiaram o líquido goela abaixo. Não seria o confessor perverso e celerado a confessar o mal que impunha às reclusas do convento! Foi a coitada da mulher quem engoliu a poção! Pérola rezava. A mulher se contorcia. No entanto, a poção não funcionava quando não havia o que confessar. Se havia algum demônio naquele monastério, era o próprio confessor!

O aparato de exorcismo se preparava para começar a função e o confessor se levantou. Com ares de soberania, em largas passadas, caminhou em círculo ao redor da mulher. Quando parou, respirou fundo e movimentou o braço, estalando um imenso chicote que ninguém soube de onde saíra. O tumulto estancou, o silêncio tornou-se aterrador.

O confessor chicoteou a mulher até vê-la extenuada e sangrando. Em seguida gritou aos quatro cantos que não fazia mais do que agir no seu direito de diretor espiritual. O açoite era o atributo da paternidade. Agia por sua penitente, dando-lhe o remédio acertado para a alma! Surravam-se os endemoninhados e os loucos!

A mulher se pôs a urrar impropérios, engrolou a língua, mas não disse o que queriam que dissesse. Então o aparato do exorcismo se pôs em ação. Na praça, a tesouradas, cortaram o cabelo dela e buscaram por todo o seu corpo a marca do demônio. Depois de escarafunchar-lhe cada centímetro de pele, decidiram que a marca estava na virilha esquerda.

O clérigo, com poderes de exorcista, havia entrado no final do cortejo numa aura de arrogância, carregado em liteira por quatro escravos. Chegara a hora da sua ação. Descendo da liteira e pondo-se de pé em frente à mulher, esticou o braço com a cruz nas mãos e gritou: "*Vade Retro*, Satanás!" A frase foi sendo repetida até que o populacho repetisse em coro: "*Vade Retro*, Satanás!"

Quando o exorcista lançou seu olhar para o povo e mostrou a cruz, o calor tornou-se insuportável. Seguiram-se uma tensão invisível e um silêncio absoluto, parecendo o prelúdio de algum prodígio celestial.

Um acólito colocou ao alcance do exorcista o acéter com água benta. Este o agarrou, inclinou-se sobre a mulher e o aspergiu ao longo do corpo murmurando uma oração. Em seguida, com uma voz que mais parecia urro de leão, proferiu o esconjuro que estremeceu os alicerces da cidade.

— Quem quer que sejas! — urrou. — Por ordem de Cristo, Deus e Senhor de tudo o que é visível e invisível, de tudo o que é, que foi e que há de ser, abandona este corpo redimido pelo batismo e volta às trevas!

A mulher, fora de si, respondeu com palavras gritadas que ninguém compreendia. O exorcista alterou a voz, urrou mais alto para fazê-la se calar, mas ela gritou com mais força. O homem pretendia continuar o esconjuro, mas foi acometido de um mal súbito fulminante. Com os braços para o ar, seu corpo estrebuchou como um boneco de pano desarticulado e desabou de bruços.

As vozes da praça foram se transformando em gritos e a cerimônia terminou num estrépito colossal. A mulher foi rapidamente carregada para dentro do monastério enquanto o exorcista era atendido pelos médicos e clérigos que se encontravam na praça.

Pérola estava indignada com a afronta à mulher e feliz por ver o exorcista estertorando no chão. Conseguiu entrar no convento, pois era conhecida e, às vezes, fazia favores à superiora. Ali dentro era outro mundo, não havia vestígios do tumulto da rua. Era um edifício quadrado, com dois andares de numerosas celas iguais e uma galeria de arcos ao redor de um jardim sombrio, onde se abrigava um desespero contido. No meio do pátio havia um tanque de águas mortas.

Pé ante pé, Pérola procurou a cela da mulher. Passou pela capela, onde o confessor iniciava as reclusas nas carícias, e olhou para as lousas de mármore com muitos séculos de bispos e personalidades destacadas. Finalmente chegou à cela vigiada. Aproximou-se, conhecia as serviçais e conseguiu chegar até o leito onde a haviam deixado ensopada de suor e tiritando de medo, aos cuidados de uma guardiã instruída para ganhar a guerra milenar contra o demônio.

Conseguiu pegar a garrafa com o resto da poção que havia preparado e saiu. Na praça ainda havia grande tumulto. O exorcista não estava mais lá. O corpo havia sido removido para ser preparado e velado na igreja. Ela buscou com os olhos e se deparou com o confessor em sua poltrona, endeusado pela própria arrogância. Com todas as forças, desejou que ele se consumisse numa doença medonha!

Com os sentimentos à flor da pele, Pérola voltou para a floresta. Sentou-se em baixo do grande carvalho. Encostou o dorso no tronco. Era preciso pensar numa forma de se vingar daquela gente, daqueles homens que se diziam de Deus! Sabia que teria que agir com extremo cuidado. Sozinha era muito fraca contra uma legião de homens enlouquecidos pelo poder terreno. Os espíritos com quem conversava davam-lhe forças para os percalços do dia-a-dia, as mazelas do coração, mas contra os homens que se diziam de Deus e queriam dominar o mundo, era preciso um exército.

Num transbordamento de ódio, ela adiara um encontro com um senhor do Templo. Talvez fosse a hora certa de compactuar com ele.

Os dois se encontraram na floresta. Embora jamais o tivesse visto, ele lhe pareceu extremamente familiar. Disse que pertencia ao mosteiro dos Templários, ordem religiosa e militar fundada em Jerusalém: eram os pobres cavaleiros de Cristo que se propunham a dar proteção aos peregrinos da Terra Santa. Ao mesmo tempo, vasculhavam os restos do Templo que Salomão construíra e descobriram que ali o conhecimento e a prática da magia haviam acontecido com exuberância.

Ao longo de séculos, aprenderam e praticaram a magia de Salomão e além de monges, tornaram-se magos riquíssimos. Seu poder se tornara de tal magnitude que o rei da França estava cheio de artimanhas para dar fim à ordem. Ele precisava aprender mais, atingir maior poder a fim de impedir a ação do rei.

Tinham um inimigo em comum. Era exatamente o que ela queria. Aos poucos, foi confiando àquele templário seus conhecimentos. Sabia fazer as coisas de uma forma simplificada, sem os aparatos dos rituais salomônicos que os templários adotavam. Ele queria se proteger. Queria invocar os mortos, arrasar o poder que assinaria o fim de sua ordem. Ela foi aprofundando os ensinamentos sobre a influência dos astros, das plantas, dos elementais da natureza e da força do pensamento, sabendo que o que ensinava poderia ser usado para curar e aliviar as mazelas do coração, mas também serviria para destruir e matar.

Ao mesmo tempo em que ensinava, foi se apaixonando. Desde que o vira na floresta sentira em seus olhos o fogo da paixão. Com o aprofundar do aprendizado, amou e se deixou amar. Viveram uma felicidade alucinada. Num dos atos de amor enlouquecido ela sentiu as mandíbulas de ferro. Também ele era um mago poderoso e, em seus atos amorosos sob as árvores, rolando pelos matos e espantando pequenos animais, ela aumentava o próprio poder. Via-se transformada, com os olhos armados de uma chama estranha. Era como se mantivesse dentro de si o dardo flamejante com que aquele homem a atravessava.

No meio de seus intercursos enlouquecidos, com a ingenuidade dos apaixonados, invocavam espíritos que pudessem levá-los a destruir o inimigo. O amor os tornava confiantes. No entanto, mais uma vez ela foi à praça e sua respiração se pôs em suspenso. Havia alguma coisa estranha no ar. Antes que pudesse pensar, soube que em todas as cidades da Europa os templários estavam presos em seus conventos-fortalezas e mais dia menos dia seriam torturados e queimados!

Em seguida, viu na mesma praça que a multidão se aglomerava. O aparato dos homens que se diziam de Deus se organizava. O tumulto aumentava, diante da perspectiva de uma cena de horror. Ao chegar ao meio da praça, viu diversos homens, entre eles seu amado. Todos estavam amarrados em troncos sobre pilhas de lenha e os carrascos se aproximavam, com tochas de fogo.

Ela sentiu que no meio daquele inferno seus olhos se encontravam, irradiavam amor e se despediam. As labaredas subiram e os homens se retorceram, gritando e resfolegando até a morte. Ela caiu no chão. Em meio ao cheiro de sangue e de carne queimada sentiu que a pisoteavam, e então o mundo desapareceu. Seu espírito pairou num limbo de dor.

Viu-se sob a jabuticabeira. Pegou a vasilha com água e a despejou sobre a cabeça. Estava extenuada. Por mais boa vontade que tivesse, assistir àquelas cenas a deixava esgotada. Desta vez, o senhor do Templo era Gaspar, não havia a menor dúvida. Ele fora executado, morrera queimado diante de seus olhos e ela não pôde fazer coisa alguma para salvá-lo.

Depois desta visão, Pérola chegou ao consultório bastante ansiosa. Mesmo diante de mais uma experiência extenuante, havia o consolo de encontrar Gaspar. Não se conformava que a vida seguisse ao contrário do que planejara. Quis ajudar a reclusa do convento e sua poção serviu para propósitos completamente diferentes. Apaixonou-se e uniu-se ao senhor do Templo, mas ao invés de vencer o inimigo, toda a sua Ordem fora destruída. Não sobrou ninguém, nem um único pergaminho onde haviam registrado a magia aprendida e intuída no templo de Salomão.

A única coisa que lhe dava alento era a sensação de que ela e Gaspar haviam se amado naquela existência. Mesmo com o fim trágico, haviam vivido um amor fantástico rolando numa floresta encantada.

Olhei para Pérola e visualizei a Sacerdotisa das cartas do tarô. Quantas versões ainda iriam se apresentar? Não à toa as catedrais europeias são todas dedicadas à Notre Dame, à Madona, a Nossa Senhora. E mesmo no novo mundo se venera muito Nossa Senhora, com certeza resquícios das grandes sacerdotisas que os donos do poder não tiveram forças para destruir. Em vez disso, uniram-se a elas e construíram catedrais em sua homenagem.

Meu querido João, não conheço toda a história da civilização, mas sei que há séculos, especialmente na França ocorreram muitas possessões em conventos. O convento de Lodun, o de Louviers, e talvez outros mais, ficaram famosos justamente porque as reclusas se tornaram possessas. No século XI ou XII houve talvez o começo da verdadeira clausura nos conventos, os orientadores espirituais e confessores sendo onipotentes com relação às religiosas. As freiras de clausura eram de famílias importantes, todas tinham suas serviçais. Depois dos votos de pobreza, silêncio e castidade, o único contato que mantinham com o exterior eram as raras visitas. No entanto, tinham diariamente o confessor para aplacar-lhes os pecados e trazer-lhes conforto.

Parece que as coisas ocorriam exatamente como Pérola narrou. Pelos processos que existem, sabe-se que os orientadores espirituais abusavam de suas penitentes. O confessionário era o preâmbulo das carícias, que acabavam em transas tresloucadas. Quando os orientadores se cansavam e as desprezavam em favor de outras mais jovens, ou que fossem novidade no convento, as mulheres enlouqueciam. Algumas talvez tenham morrido de tristeza, caladas em suas celas. As que tentavam recuperar seu homem eram chamadas de endemoninhadas. O clero se movimentava, era constatado mais um caso de possessão e era chamado o exorcista. Toda essa parafernália trazia grande prestígio ao convento e aos exorcistas.

Depois da consulta, voltei para casa e fiz minha meditação. Me servi de uma dose de uísque, e enquanto bebia solitária, imagens de um tempo em que era muito pequena e fazia castelos na areia vieram à minha mente. Com a paciência e a ingenuidade de criança, me enxerguei executando fantásticos castelos e, em seguida, os desmanchando. O mais importante era a imagem do castelo que tinha na cabeça antes de começar a construí-lo. Ao pôr em prática o que estava no fundo da minha imaginação, os resultados jamais eram satisfatórios. Quando criança, tinha coragem de destruir a obra, talvez por ser simplesmente um castelo de areia. Adulta, queria ver a obra feita da forma que a trouxera de meu mundo de ideias!

Nunca aconteceu de você querer desenhar ou criar alguma coisa e não conseguir? Você tenta, tenta mais uma vez, mas jamais fica satisfeito com os resultados! Já mencionei isso algumas vezes para minhas pacientes, e se explica pelo fato de que a imagem que você tem do que quer fazer é sempre incomparavelmente superior às cópias a que tenta dar forma com as mãos.

Trazemos dentro de nós todas as imagens do mundo das ideias! Platão disse isto alguns séculos antes de Cristo. Nossa alma vivia nesse mundo de ideias antes de vir habitar um corpo. É lá nossa verdadeira morada, e não aqui no meio da areia, onde a vida destrói tudo o que amamos. E é para lá que ela vai voltar quando o corpo sucumbir à inexorabilidade do tempo. Nossos corpos têm o mesmo destino dos castelos de areia, mas nossa alma retorna quantas vezes for preciso para que cheguemos a um resultado satisfatório!

As almas retornam em novos corpos para refazer o castelo de areia cada vez mais fiel ao do mundo das ideias! Com certeza há diferentes mundos de ideias, localizados em galáxias impensadas. Pérola veio tantas vezes lutar contra outras almas que também se repetiam, a fim de sistematizar a existência do demônio que eram eles próprios! Começaram criando o demônio, um ser que foi adquirindo poderes maiores do que os de Deus. Depois, para desprestigiar as feiticeiras, condenavam os pactos diabólicos. Pregavam que os dons, tão bem esclarecidos por São Paulo em sua carta aos Corintos, só eram possíveis com pactos diabólicos! Foi talvez para aperfeiçoar todo o plano que veio a ideia da possessão demoníaca. Uma pessoa em quem um espírito diabólico houvesse penetrado podia ser reconhecida pelos estranhos efeitos físicos e morais de tal intrusão: ataques histéricos, convulsões e contorções descontroladas, vômitos estranhos e até mesmo paralisia total. Da boca saíam vozes do demônio que emitiam delírios obscenos e blasfêmias, ou falavam fluentemente línguas estrangeiras que a vítima desconhecia.

Nos primórdios da era cristã, o ofício de exorcista se estabeleceu como uma das ordens menores. O ritual do exorcismo, com o sinal da cruz, a respiração simbólica, a água benta e o esconjuro para que o diabo se fosse, em nome de Deus, foi praticado por séculos. Acreditava-se que os demônios tinham horror natural aos símbolos do cristianismo. O que Pérola viu acontecer naquela praça, com uma reclusa do monastério, aconteceu milhares de vezes ao longo da História!

Quanto ao poder que ela ensinou ao senhor do Templo que reconheceu como Gaspar, é parte da história das religiões. Desde os primórdios as religiões são encaradas por seus adeptos como um meio para obter um poder sobrenatural, o que não impede que funcionem como sistema de ordem social. A história do cristianismo não é exceção a essa regra. Na época da igreja primitiva, ou mesmo hoje, quando se criam novas seitas, o pregador incute nos convertidos o fato de estarem adquirindo não só um meio de salvação no além, mas uma magia mais potente. Assim como no Antigo Testamento os seguidores realizavam atos sobrenaturais, no Novo Testamento atraíam discípulos operando milagres e realizando curas.

Quanto aos templários, meu querido João, nem vou começar a falar, pois você sabe que é um assunto que me fascina. Foi uma ordem poderosíssima que terminou de forma trágica, tal como lembrou a visão de Pérola. Todos os monges foram queimados em praça pública, bem como todos os seus escritos e pertences! Sua fortuna, claro, sobreviveu nas mãos dos poderosos. Tornou-se lendário o seu profundo conhecimento sobre a magia e os segredos do Templo de Salomão. Como homens terrenos, criaram sistemas econômicos e acumularam tal riqueza que perturbava o poder estabelecido. As expedições que vieram descobrir nosso continente foram ainda financiadas pelos restos da fortuna da Ordem do Templo.

Como você vê, meu querido João, as almas vêm de estrelas diversas, prontas a executar seus castelos de areia! Algumas destroem apenas os próprios castelos, outras, os próprios e os alheios. Por vezes é o mar que vem e leva tudo! Você seria capaz de adivinhar quantas vezes Pérola construiu seus castelos?

Um beijo muito carinhoso,
Maria Moura

A PESTE

"A peste é como um grande incêndio que se irrompe numa cidade muito densa, aumenta sua fúria e a devasta em toda a sua extensão."

D. Defoe

Querido João,
A cada lua cheia Pérola revia um ponto da história da humanidade, sempre como uma mulher envolvida com a natureza, com os espíritos dos elementos: terra, água, ar e fogo. Além da grande árvore, o carvalho!

Desta vez ela não viu a fogueira, mas um homem acalorado pela ira. Em pé, furioso, na porta da catedral à frente do mosteiro, o clérigo gesticulava. Sua voz era uma trovoada:

— Pecaste e Deus vos castiga! Resignai-vos, sofrei e morrei. Serão menores as penas na outra vida! — era a recepção aos doentes que chegavam ao mosteiro pedindo auxílio. Pérola via-se dentro daquela cena. Estava bem afastada do clérigo que gritava e percebia que seu sentimento em relação a ele era de repulsa e raiva, uma raiva tão grande que sua visão se ampliava. Sabia que dentro do mosteiro outros padres faziam curativos e davam aos doentes algum conforto, mas as palavras daquele furioso atraíam maus fluidos, criando elementais poderosos. Ela podia percebê-los. Também podia ver que da figura do clérigo emanava uma vibração escura, que ia se adensando e envolvendo a praça toda. Tinha ciência de que a palavra era o instrumento da geração do espírito. Mesmo o diabo era incapaz de tomar pensamentos enquanto não tivessem sido materializados pela palavra! Ali não era necessário nenhum diabo, as próprias palavras se incumbiam de criar o caos.

Estonteada, ela caminhou para a floresta. Foi só quando se sentou encostada ao tronco do grande carvalho, e aspirou-lhe profundamente o perfume, que seus sentidos retomaram a vida. Com novo ânimo, levantou-se e começou a caminhar.

Via-se carregando uma pequena cesta. Sua saia se prendeu num arbusto e ela se abaixou. Um ser minúsculo lhe sorriu. Pediu licença ao duende e colheu a beladona. Colheu também as flores púrpuras da doce-amarga. Arrancou a planta toda, inclusive a raiz. Ficou no meio dos arbustos por muito tempo, colhendo flores, folhas e raízes. Quando a cesta ficou cheia, retornou à pequena casa que ficava fora dos muros da cidade. Logo que entrou, ajeitou as novas plantas no meio de outras tantas que secavam.

Uma mulher entrou. Pérola gostava dos seus olhos amarelos. Mostrou-lhe as novas plantas e as duas puseram-se a preparar poções.

— Na cidade o padre comanda a vida — Pérola disse. — Os doentes chegam desesperados, se arrastam até as igrejas e mosteiros e são recebidos com pragas que atraem maus fluidos e materializam as doenças. Você não viu como ele gritava: "Pecaste e Deus vos castiga! Resignai-vos, sofrei e morrei!" Que Deus é esse que a qualquer deslize manda doenças insuportáveis para suas criaturas? Deus não nos criou para abrigarmos doenças, mas para vivermos as coisas boas deste mundo.

— Você sabe que existe uma infinidade de padres e religiosas empenhados em ajudar os doentes e que entregam a vida por isso. O infeliz que grita da praça é apenas um deles!

— O que é suficiente para criar o caos, com as palavras repetidas e gritadas!

— Você também sabe que matam mulheres como nós, que fazem curas e preparam poções! — os olhos amarelos de sua companheira estavam apreensivos.

— Eles dizem que somos nós que fazemos pactos com diabos para curar as pessoas. Se prestarem atenção, vão ver que são essas vozes ensandecidas, que clamam por desgraças.

— Você sabe o que vai ocorrer se alguém nos denunciar!

— Serei queimada ou enforcada! Mas o conhecimento que temos da Natureza não pode se perder! Precisamos testar novas plantas. Há caravanas chegando do Oriente. As especiarias picantes trazidas de lá despertam, reanimam as incapacidades do amor.

A conversa foi interrompida por alguém que se aproximava. A mulher dos olhos amarelos correu para fora da casa e se escondeu. Embrulhada em mantilhas, chegou a baronesa. Trocaram algumas palavras e Pérola entregou-lhe um frasco. A baronesa deu-lhe umas moedas e se foi. A mulher dos olhos amarelos retornou com um olhar de cadela brava. Estava indignada:

— Você sabe quem é esta mulher? A Baronesa! Ela pode te denunciar, mandar te matar! — sua voz demonstrava medo.

— Ela não vai fazer isso. Seu amante está enfermo, acredito que contraiu a peste negra, e não há sábio a quem não tenha pedido ajuda. Estou testando uma nova ideia! Se ministrarmos a própria doença em pequenas doses, isso faz o corpo reagir. Doses certas de veneno não matam, mas curam o mal!

A mulher dos olhos amarelos fitou-a com espanto e incredulidade. Pérola sentiu que o mundo escurecia. Sentiu-se tonta. Perdeu os sentidos.

Quando mais uma vez a visão clareou, estava velha e muito cansada. A lua surgiu e ela saiu do albergue, atravessou o clarão da fogueira que ardia na porta da cidade e se embrenhou no bosque. Foi direto para a árvore frondosa, o grande carvalho. Sentindo-a como uma grande amiga, abraçou-se ao seu tronco, encostou a fronte, depois a face, deixou-se escorregar, sentou-se no chão e olhou a lua vibrante: era ali que iria morrer! Lutara até as últimas forças para ajudar a combater os sintomas que a invadiam. Sabia que era a sua hora.

O mundo todo era uma imensa fogueira. Pérola sentia-se esgotada, suas roupas eram farrapos. Sua choupana fora saqueada, queimada. Trabalhara até o limite de suas forças, mas não conseguira vencer as palavras dos homens que pregavam a fúria de Deus, um Deus que só pensava em castigar suas criaturas. As palavras tinham sido ditas tantas vezes, e com tanto vigor, que a peste negra veio com fúria. Era um processo que quando irrompia não havia como parar.

Tudo começou quando da porta da catedral gritavam, aos urros de leão, que o mundo já havia acabado com um dilúvio de água, e agora era a vez do fogo! Um incêndio violento e impetuoso, anunciado no céu pelo rastro gelado de um cometa! Mais uma vez para purgar os homens de seus pecados! Com a força daquele palavrório, e espantosa presteza, a doença passou de casa em casa, de rua em rua. Como um incêndio, atingiu várias cidades com a rapidez de um abrasamento.

Os gritos na praça continuavam:

— Punição divina! Pecaste e Deus te castiga!

Sem outros recursos, qualquer um que pudesse ajudar era convocado, até mesmo as feiticeiras que viviam nos bosques, fora dos muros da cidade. Pérola delirava de febre, mas podia ver seu passado recente. Estivera ao lado de tantos moribundos... A doença começava com dores de cabeça e vômito, seguia-se uma forte febre, calafrios regulares, pulso fraco. O enfermo tinha dificuldades para sustentar a cabeça. Seu olhar fixava-se no nada, estampando o pavor e o desespero.

Como se ardessem nas fogueiras de vapores malignos, sentiam um calor insuportável, uma febre furiosa e um sufocamento. Sentiam dor nas virilhas e axilas. Quando tentavam lhes cauterizar os tumores, os desgraçados morriam enlouquecidos pelo sofrimento.

Impelida pelo alarido da dor, desesperada diante dos sobressaltos de uma infindável agonia, Pérola empregara todas as ervas, conhecidas e desconhecidas, que não faziam mais do que mitigar os sintomas. Por fim, ajoelhava-se ao lado do doente, punha as palmas de suas mãos sobre o corpo deformado pela doença e deixava vir uma força arcana ancestral que os ajudava a morrer.

Como se delirasse, viu uma carreta atravessando o fogo na porta da cidade repleta de cadáveres nus — homens, mulheres, pobres e ricos, amontoados como cães. Não havia quem tocasse a sineta, não havia os ritos apaziguadores que acompanhavam a partida deste mundo. Os mortos eram tantos que estavam privados das liturgias que lhes conferiam dignidade e identidade. Ela fechou os olhos. Sabia que seriam jogados em fossas e imediatamente recobertos de cal viva, onde acabariam de apodrecer.

Mesmo estando longe da cidade sentia-se impregnada pelo odor dos mortos, sabia que trazia dentro de si a peste negra: seria mais uma para as sepulturas repletas de corpos monstruosos, inchados, violáceos, todos fedorentos e estourados, deixando um rastro de sangue podre. A solução sensata para quem não estivesse contaminado era fugir logo, para bem longe e por longo tempo. Ela mesma aconselhara os que encontrara ainda sãos a escapar do inferno! Deixar tudo para trás! Libertar-se do tenebroso futuro pela fuga...

Uma súbita ventania aliviou-lhe a dor. Por um instante visualizou o ser feito de uma luz que sequer imaginara. Logo esfumou-se, e ela soube que para chegar a ele ainda deveria percorrer muitos atalhos da eternidade. Sua alma foi engolida pelo clarão da morte. Deixou-se engolir pela paz de mais uma missão cumprida.

Ao começar a anotar a visão, a primeira lembrança de Pérola foram os olhos amarelos de cadela brava. Meu querido João, segundo ela não havia mais dúvidas, a mulher que estivera em sua cabana era eu! Afirmou-me que o olhar era inconfundível! Foi a primeira coisa que me disse na consulta! E eu estremeci!

Na sua vida atual, fui eu a lhe dizer que a habilidade para transformar energia em matéria e vice-versa era o modo como o universo operava. Naquela vida de Pérola, a fúria com que as palavras eram ditas era um tipo de vibração, uma energia que acabava se transformando em matéria. Muitas cidades foram dizimadas pela peste! E as coisas ocorreram da forma como ela as viu. Esteve pesquisando plantas e ajudando nas curas até que ela própria foi atingida e sucumbiu à doença.

Querido João, depois de ler e ouvir esse relato, até eu fiquei esgotada! Mas ainda tem mais! Será que você é capaz de adivinhar onde ela esteve na visão seguinte?

Um beijo carinhoso,
Maria Moura

TARÔ

"Outrora eu era daqui, e hoje regresso estrangeiro, forasteiro do que vejo e ouço, velho de mim. Já vi tudo, ainda o que nunca vi, nem o que nunca verei. Eu reinarei no que nunca fui."

Fernando Pessoa, *Livro do Desassossego*

Querido João,
Hoje finalmente vou chegar ao ponto em que o tarô entra nesta história. Ou melhor, vamos entender melhor a sincronicidade com a imagem da Sacerdotisa. Você deve de se lembrar da noite em que Pérola e Gaspar ficaram no bar do hotel. Antes de subirem e viverem aquela noite memorável, ele desenhou na toalha a Sacerdotisa.

Como você sabe, a lua cheia propicia a Pérola suas visões mais densas. Quando mais uma vez a lua entrou nesta fase, ela se preparou. O jantar havia terminado e ela aguardava que José fosse se deitar. Sabia que isso coincidiria com a meia-noite, hora em que a lua ficava exatamente sobre sua cabeça. Como os telefonemas de Gaspar continuassem, ela estava não só com todos os canais abertos, mas também ávida por conhecer melhor sua alma.

Sozinha na mesa, sentada diante dos pratos vazios, serviu-se de cocada como sobremesa. Mastigava com deleite. José assistia TV. Estava ao alcance de seus olhos, mas a uma distância de vários anos-luz. Olhando-o tão entretido, sentiu pena por viverem em mundos tão distantes. Gostaria de lhe contar o turbilhão de emoções que lhe ia pela alma, mas nem sabia por onde começar. Eram companheiros quando seus assuntos versavam sobre o trabalho dele, a casa e a família, jamais sobre seus anseios.

Gostaria de precisar quando aparecera aquela rachadura, que se transformara num fosso intransponível. Agora que sua alma vivia tantas descobertas, sabia que ele vivera diversas existências ao seu lado com um poder pedagógico. Só que ao invés de transmitir-lhe ensinamentos, queria castigá-la pelos erros ou, talvez, simplesmente amenizar seus impulsos. Se a pressentisse comendo cocada com tanta volúpia, lançaria um olhar poderoso que acabaria com seu prazer, faria com que se entregasse a um inevitável sentimento de culpa. Sobressaía-se nele a capacidade de sugar-lhe as energias, destruindo-a em cada ato de prazer. Talvez suas almas viessem de estrelas muito distantes e diferentes. Cada vez que deixavam seus corpos, retornavam a seus diferentes mundos de ideias. Quando retornavam juntos era com o propósito de aprimorar o espírito para alguma missão que ela desconhecia.

Enquanto degustava a cocada com deleite, sentia que o pavor das visões envoltas em labaredas estava amenizado. Aprendera que ao dar de cara com a própria alma o susto era grande, mas havia o amor para abrandar. Pérola ainda pegou mais uma colherada de doce fazendo uma síntese final de um pensamento que vinha amadurecendo em seu coração: o verdadeiro amor encerrava todos os mistérios do Universo. Com isso em mente, queria descobrir outras vidas em que Gaspar estivera ao seu lado.

Naquele momento o clarão da lua cheia enveredou pela janela e fez com que ela se levantasse e tirasse os pratos, empilhando-os na pia. Tão logo viu José ir para o quarto, pegou a vasilha de água e a colher de pau e foi para debaixo da jabuticabeira.

O mundo saiu de foco e pela primeira vez, nas visões, viu-se num ambiente luxuosíssimo, com toda espécie de refinamento.

Caminhava sobre tapetes maravilhosos, carregando uma bandeja de prata com refrescos e doces. Entrou num cômodo onde estava um pintor diante do cavalete e uma senhora jovem, sua ama. O olhar do pintor causou-lhe um estremecimento. O homem largou o pincel, deu umas passadas solenes, pegou o copo e tomou o refresco de um gole. Sua ama, vestida de religiosa, sentava-se impassível numa poltrona de veludo. Pérola admirou a pintura e lançou um olhar interrogativo para o pintor.

Como se lesse seus pensamentos, ele disse:

— Coloquei o nome de Papisa para que a igreja não nos queime em suas piras, mas é a Sacerdotisa.

Ela seguiu com a bandeja até sua ama e a serviu. Demonstrando extremo cansaço, a ama respirou fundo e desmanchou a pose. Enquanto comiam e bebiam, Pérola observou as cartas de tarô sobre um enorme baú. Pela força dos pedidos de sua ama, o duque, seu pai, contratara o pintor para retratar cada imagem do tarô tendo como modelo as pessoas de sua família.

— Você deveria retratá-la como uma sacerdotisa de verdade! — Pérola sugeriu. — Do jeito que está pintando, paramentada como uma freira e segurando o livro, parece realmente a papisa, ou melhor, uma religiosa reclusa, pois papisas não existem!

— Não estou disposto a desafiar nenhum poder terreno. Acho que já fazemos muito em pintar pessoas da família para recuperar os mistérios do tarô — o pintor balançou os ombros. — Estamos numa época em que renascem as ideias da Antiguidade grega. Os livros já não são manuscritos, mas impressos, e possibilitam a muitas pessoas um pouco de cultura. No entanto, antes de começar o trabalho com as cartas, pintei algumas divindades gregas e quase fui para a fogueira. Meus quadros foram em meu lugar!

— Não entendo, por quê? — disse ela, observando os detalhes da pintura.

— Para os clérigos, e também para os novos puritanos, as divindades gregas são todas consideradas amorais — ele se serviu de mais refresco. — E nós sabemos que, apesar de assim ser, as divindades gregas e romanas trazem profundas verdades morais.

Pérola não estava gostando do quadro. Na carta do tarô exposta sobre o baú estava desenhada uma Sacerdotisa exuberante, e ela esperava ver sua ama, uma mulher muito atraente, retratada com o mesmo porte. No entanto, o que via era uma freira bem comportadinha!

— Os deuses gregos mostram que o homem foi criado para usufruir das delícias da terra. Hoje, os homens perderam o contato com suas divindades e com a natureza, decidiram que são obras imperfeitas, carregando os aleijões do sofrimento e a miséria da desesperança! Com isso perderam os sinais divinos! — a voz do pintor trazia a amargura que o tema lhe causava.

— Nas imagens do tarô há a sabedoria da vida! Não entendo porque não se pode retratá-la! — respondeu Pérola, com indignação. Sentiu que amava demais aquele homem e que o calor que a percorria era um sinal dos deuses.

O artista se limitou a levantar os ombros, num gesto de impotência. A ama retomou a pose. Ela recolheu os copos e, ao levantar os olhos, deparou-se com seu maxilar de ferro. Deixou que por todo o corpo perpassasse um arrepio elétrico. Ele a olhou com um carinho que inundou o aposento e, antes que ela saísse, recomendou-lhe que fosse à catedral e observasse com muito cuidado os quadros da via-sacra.

— Olhar e enxergar! Com os olhos, e especialmente com o coração! — ele acrescentou, antes que ela fechasse a porta.

Como num passe de mágica, ela se viu entrando numa catedral exatamente quando começava a missa. A igreja e sua liturgia romana lhe pareciam uma aventura encantada: o bruxulear das velas e o aroma do incenso, o teto altíssimo e arqueado, com pinturas coloridas de santos e anjos, o ritmo acalentador do órgão e o hipnótico cantochão latino a envolviam num estado profundo, semelhante a um transe. Sentia-se fora de si enquanto engrolava orações.

O clérigo paramentado entrara como uma aparição e oficiava a missa. O ritual mostrava-se poderoso, até que ele subiu ao púlpito, na hora exata para entranhar as palavras na alma dos devotos. Com uma voz que mais parecia um urro animal reverberando entre as colunas, se pôs a falar sobre a salvação da alma.

Depois de um silêncio incômodo, afirmou que a sensualidade era diabólica, levava a pecados mortais e à perda do paraíso! Recomendava que se tratasse as fraquezas da alma com uma boa chicotada e ordenava a flagelação da carne para vencê-las. Numa oratória que foi tomando um tom desenfreado, descrevia os tormentos dos pecadores no inferno, as carnes estraçalhadas por engenhosas máquinas de tortura, os fogos eternos, os garfos imensos que trespassavam os órgãos genitais, os répteis asquerosos que se introduziam nos orifícios femininos e muitas vezes até dos masculinos.

Atiçando a imaginação dos ouvintes, a prodigiosa oratória os levava ao limite de sua resistência. Satanás era descrito nas mais íntimas anomalias. As pessoas se ajoelhavam, sentiam-se indefesas diante da fúria de um ser com poderes maiores do que os de Deus!

Embora prestasse atenção ao que o padre dizia, Pérola ainda estava sob a influência inicial do ritual da missa e seu pensamento divagou: não entendia do quê era preciso se salvar. Foi então que se pôs a admirar, desta vez com redobrada atenção, os quadros da via-sacra expostos na nave da catedral. Conforme o pintor havia recomendado, observou-os com os olhos e o coração. Pela primeira vez se dava conta de que Jesus, um ser iluminado, era retratado em suas misérias: um ser com uma consciência elevadíssima, que viera ao mundo para trazer alegria e ajudar as consciências a evoluírem, aparecia sendo chicoteado e carregando a cruz!

Fechou os olhos e tentou visualizar Jesus em sua luz. Então lhe ocorreu que seu primeiro milagre não havia sido curar um cego, ou fazer andar um aleijado, mas transformar a água em vinho e animar a festa para trazer alegria aos homens. Seus companheiros não eram aqueles que comandavam a cultura ou a religião da época, mas os homens comuns, que viviam do trabalho. Sua companheira não era como Marta, que se penitenciava nas tarefas domésticas, mas Maria Madalena, que o seguia com liberdade. O primeiro santo não foi um apóstolo, nem um discípulo, nem um fiel seguidor, mas o ladrão que morria ao seu lado. Foi então que lhe ocorreu que um homem de luz era lembrado por chicotadas, torturas e por sua cruz!

Pérola notou que a voz do clérigo deixara de martelar-lhe o cérebro. Estava numa das grandes pausas do sermão que empregava com frequência, por conhecer bem o efeito de um silêncio incômodo sobre cada um dos fiéis. Com olhos de leão, observava os paroquianos. O silêncio tornou-se pesado, o tempo parou dentro da igreja, mas ninguém se atrevia a tossir ou a se ajeitar sobre os joelhos. As últimas frases ainda vibravam entre as colunas, e a imagem de Satanás crescia na imaginação de cada um. Nesse exato momento, sentiu com tal nitidez que a descrição não era de Satanás, mas do próprio poder terreno que usava de torturas para aniquilar a personalidade dos semelhantes, que não aguentou aquela atmosfera nem mais um minuto e se levantou para sair.

O dedo indicador do padre, que já estava no ar a fim de assinalar novos suplícios aos pecadores, ficou suspenso como um para-raios sobre a própria cabeça. As pessoas sentiram o movimento rebelde e deixaram de respirar. Pérola dirigiu-se para a porta atropelando as pessoas pasmadas, deixando atrás de si um rastro de indignação e espanto. Conseguiu sair antes que o sacerdote pudesse invocar um cataclismo celestial e não olhou para trás, com medo que um raio a transformasse numa estátua de sal. No umbral da porta, ouviu a terrível voz:

— Endemoninhada! Mulher que vendeu a alma para o demônio! Só o fogo para consumir a maldição!

Então, caminhou calmamente até o castelo. Seu amo, o duque, tinha muito mais poder do que o clérigo, e mesmo sendo simplesmente uma serva podia se dar ao luxo de usufruir algumas regalias.

Mais uma vez a cena mudou. Estava em seu quarto. Espalhou as cartas do tarô e olhou-as com os olhos do coração. Compreendeu então que as tábuas de momentos importantes da vida, de ritos de passagem dignos de comemoração, haviam sido substituídas pelas misérias da via-sacra.

O pintor entrou no quarto e ela o chamou pelo nome: Bonifácio. Longe da ama, podia abraçá-lo, beijá-lo. Sentaram-se à mesa onde estava o tarô. Ele lhe disse que as imagens do tarô eram maravilhosas, um livro onde a sabedoria divina anotara as principais mudanças do homem em sua viagem pela vida e seu encontro com cada mistério. O problema da maioria das pessoas era não ter estrutura para a felicidade. E com certeza a via-sacra tinha muita influência nisso, as inclinava ao aspecto dramático da vida. Só numa vida cheia de sofrimento e tortura as pessoas pareciam capazes de encontrar a mão de Deus.

Ela escutava tudo, mas estava especialmente feliz por estar ao lado de Bonifácio, que a olhou com a admiração de sempre. Pegou uma folha de papel e a desenhou como a Sacerdotisa.

— Se fosse você a modelo, eu faria a Sacerdotisa exatamente assim! — ele amansou a cabeleira com os dedos. — A imagem que tenho de Vênus-Afrodite, a grande deusa do amor, uma das doze divindades gregas lideradas por Zeus, assim como os doze apóstolos foram liderados por Jesus!

Em poucos minutos surgiu no papel uma Sacerdotisa exatamente como ela imaginara, não uma religiosa sentada com o livro nas mãos, mas uma mulher exuberante, em pé, com um vestido que marcava suas formas, mostrando todo o seu corpo e sua sensualidade, as mãos espalhando pérolas e cristais. Sua sabedoria não vinha só do livro, mas especialmente do Universo.

— Estou intuindo as imagens e as adaptando à época! — ele disse. — Sinto que algumas destas figuras vão permanecer, outras vão se perder ao longo dos séculos.

— Pinte o desenho da Sacerdotisa, coloque cores vibrantes. Será o símbolo do nosso amor!

Diante do desenho pintado, ela sentiu uma onda de felicidade e abraçou Bonifácio. Os dois se olhavam, e o fato de estarem juntos parecia uma explicação para que o mundo existisse, aliás, o único motivo de o ar, o vento, as chuvas, a natureza e todo o universo existirem.

— A poeira das estrelas está nos envolvendo. — disse ela, percebendo que o ar estava dourado. Como se aquilo fosse o sinal, os dois se levantaram. O brilho dos seus olhos foi se atraindo. Ele puxou-a para si e a rodeou com os braços, ela afundou o nariz no peito dele e se esfregou contra a pele áspera das mandíbulas de ferro, apalpou aquele corpo enxuto e forte e sentiu uma paz grandiosa.

Então, puderam se entregar a um amor pleno, as mãos indo caçar na poeira das estrelas, os lábios se buscando entre umidades ancestrais. A cama, branca e fria, transformou-se em fogueira, um fogo correndo pela pele de ambos, o entrosar dos corpos e das almas. Os lábios mais uma vez se tocando, labaredas de fogueiras ardentes, as labaredas do prazer tocando fundo o corpo e a alma.

Quando finalmente se deitaram lado a lado, ele disse:

— Quero ficar com você por toda a eternidade.

Pérola tentou abraçá-lo, mas sentiu um tronco áspero e duro. Estava aos pés da jabuticabeira. Desta vez sentiu-se profundamente frustrada, queria retomar a visão. Fechou os olhos e buscou as imagens, mas não conseguiu. Trouxe da lembrança as últimas cenas e ficou por um longo tempo a saboreá-las. O pintor Bonifácio era Gaspar, e haviam vivido um grande amor: com a lembrança daquela vida ele esboçara a Sacerdotisa, na toalha do bar do hotel.

Quando finalmente saiu do círculo e entrou em casa, além de anotar a visão tentou relembrar a figura da Sacerdotisa e desenhá-la. Não conseguiu exatamente como vira, mas sabia que iria meditar e se concentrar e acabaria conseguindo. Iria mostrá-la a Gaspar e tinha certeza de que ele a reconheceria! Afinal, nesta vida, ele a achara parecida com a Sacerdotisa, e, brincando, a desenhara no bar.

Ao vir ao consultório, Pérola fez questão de narrar cada detalhe da visão. Saíra dela muito feliz, e contá-la trazia um pouco do sabor de revivê-la. O olhar de pássara feliz retornava exuberante enquanto expressava como gostara de se ver num palácio, pisando em tapetes que amaciavam o caminhar. Finalmente se via numa vida de requintes e sedas! Embora fosse uma serva, sua ama a tratava como igual. Eram amigas, e ela desfrutava do poder do duque. Quando falou da carta da Sacerdotisa, claro que percebi as coincidências: eu mesma a havia sorteado do baralho após ela narrar a primeira visão; na noite em que ela e Gaspar viveram seu amor nesta vida, ele esboçou a Sacerdotisa na toalha do bar; naquela hora, tirei da gaveta o baralho que utilizo diariamente e mostrei a Pérola a carta da Sacerdotisa.

— É muito parecida com a que Bonifácio pintou no nosso quarto! — era a vez de Pérola se sentir atônita. — É parecidíssima!

Então expliquei a ela que sou uma admiradora do tarô, não por seus dons divinatórios, mas por suas lições de vida. Disse também que utilizo normalmente o que lhe mostrei, mas que estava sempre comprando outras versões. Enquanto ouvia a narração daquela visão, claro, eu já sabia a fonte. Peguei um dos baralhos da minha coleção, maior do que os normais e pintado no século XV.

Para que ela não tivesse dúvidas, abri o livrinho que o acompanha e li: "Pintado por Bonifácio Bembo para os duques de Milão por volta da metade do século XV". Hoje, parte dos quadros se encontram na Academia Carrara de Bérgamo e os demais na Morgan Library de Nova York. Enquanto Pérola olhava cada carta, fui explicando que a Papisa não havia se perdido, e que o Diabo e a Torre tinham sido recriados.

Nem preciso dizer que, ao deparar-se com a Papisa, Pérola perdeu a cor. Parou num suspiro, com a mão tampando a boca aberta, até que mexeu os olhos e me fitou, incrédula. Era exatamente a figura que vira de sua ama sendo retratada.

Tentei explicar que em cada época as figuras do tarô eram pintadas de acordo com as vibrações do momento. No entanto, em nenhum baralho deixavam de ser o exemplo vivo da eterna e sofisticada essência do homem, de mostrar que o ser humano tinha sido criado para o gozo eterno dos deuses, por seu desejo de perpetuar o prazer num instante do tempo e as etapas que fluíam numa vida.

— É assombroso demais deparar-me com essa figura. — Pérola não tirava os olhos da Sacerdotisa/ Papisa. Percebi que não adiantaria dar explicações, ela não estava escutando.

— Fui ama na casa do Duque de Milão? E o pintor realmente se chamava Bonifácio? É assombroso demais!

— Alguma vez você duvidou da veracidade das visões? — perguntei.

— Claro que não! É que uma prova destas me deixa atrapalhada.

Apesar de atrapalhada, podia-se ver o olhar de pássara feliz.

— Você ainda tem aqueles cálices? — Pérola levantou os olhos iluminados. — Se eu tivesse pressentido tantas descobertas, teria trazido uma garrafa de vinho. Merecemos uma comemoração! Como você disse, as vitórias dão confiança e vontade de continuar. Esta visão foi muito feliz! Vou até o supermercado mais próximo e volto em seguida com o melhor vinho que encontrar! Prepare as taças!

Observei-a pegar a bolsa cheia de animação e sair. Eu também estava feliz e animada com todas as descobertas, que eram dela, mas me levavam no embalo. Lavei os cálices com muito carinho. Queria que estivessem com todo o brilho do cristal para a comemoração. Pérola tinha razão, aquela vitória merecia uma comemoração muito especial.

Querido João, só lamento que você não estivesse conosco! Mas está nos acompanhando e ainda vai ter algumas surpresas!

Um beijo carinhoso,
Maria Moura

ETERNIDADE

"A emoção mais bela e mais profunda que podemos ter é a sensação do místico. É a precursora da verdadeira ciência. Aquele para quem essa emoção é desconhecida — aquele que não consegue mais ficar envolto no assombro — está praticamente morto. A convicção profundamente emocional da presença de um poder de raciocínio superior que se revela no Universo incompreensível representa minha ideia de Deus."

Albert Einstein.

Meu querido João,

Quando Gaspar marcou a data para retornar, Pérola tomou-se de uma fúria nos cuidados consigo mesma. Ela, que achava tão enfadonha a futilidade das amigas, deu uma geral nas roupas, foi ao cabeleireiro, renovou a aparência. Colocou-se sob um severo regime alimentar. Enfim, cuidou de cada detalhe do corpo enquanto aguardava seu amado e se preparava para a próxima lua cheia.

Depois da visão na casa do duque de Milão, entregue a amores escaldantes com o pintor Bonifácio, já não tinha o menor receio de deparar-se com labaredas ou o que quer que fosse. Sabia que mesmo no destino mais fervente Gaspar estivera por perto.

A alegria dela está me contaminando. Além de todo o conhecimento que venho adquirindo, houve a nossa decisão de voltarmos a morar na casa em que vivemos com nosso filho. Meu querido João, estou felicíssima com a possibilidade de começar a reformá-la e pintá-la, enfim, transformar e renovar as energias da casa e as nossas também.

Não sei se você se lembra, mas no dia em que Alberto foi conosco até nossa casa ele nos contou que num de seus romances havia criado uma greve de deuses. Um a um, os deuses que regem a existência humana entraram em greve, sem basicamente atrapalhar a vida de ninguém: o deus da paixão, o deus dos desejos, o deus da mesquinhez e da grandeza... Fora algumas privações e mal-entendidos, nenhuma greve teve efeito sobre o destino dos homens. Só quando o deus das coincidências parou é que a história de cada um mudou radicalmente.

A coincidência que desencadeou a continuidade de nossas vidas foi você e Alberto terem ido ao congresso, ou talvez Pérola ter encontrado meu consultório. Com certeza as duas coisas juntas, mas não é isto que importa. O importante é que nossa vida está mais uma vez mudando radicalmente. E desta vez para melhor, para retomarmos juntos a nossa jornada.

Bem, mas voltemos a Pérola. Ela estava alucinada com o retorno de Gaspar. Além dos cuidados consigo mesma, entregou-se de corpo de alma às meditações e exercícios e foi ampliando sua capacidade de desvendar a alma.

A lua se postou bem no alto do céu com toda sua imponência e Pérola foi para baixo da jabuticabeira. Riscou o círculo com disposição. Ao fechar os olhos, se concentrou na época do duque de Milão, no seu castelo que regurgitava requinte com tapetes muito fofos, salas repletas de obras de arte, baixelas e objetos raros, jardins cheios de estátuas e fontes, mulheres vestidas em sedas caríssimas... Mais uma vez queria entregar-se ao amor de seu homem com mandíbulas de ferro.

Mas a luz da lua enveredou por sua alma e mostrou-lhe outra coisa: viu-se muito altiva sobre uma carroça sacolejante. Do alto da caçamba, viu distanciar-se o local onde estivera encarcerada, onde soube que sua apelação fora negada, onde lhe haviam aplicado tantos suplícios que terminara confessando o que fizera e o que não fizera. Após muitos açoites não resistira e acusara seu porteiro como cúmplice: era ele quem permitia a entrada de seu amante no castelo. E podia vê-lo na funesta carreta, prostrado, com as pernas trituradas, deslocadas pelas máquinas de tortura. Ela escapara delas porque o denunciara. Ele morreria com ela e estava a seus pés, já com a coloração da morte.

Os nobres que, em cada festa haviam disputado sua companhia, se debruçavam nos balcões, excitados com o espetáculo que iriam ver. Ela sabia que estava em Paris e a carroça tinha dificuldade em abrir passagem por entre a multidão compacta, se acotovelando num calor sufocante. Toda cidade estremecia numa emoção doentia ao escutar o grito do carrasco, que anunciava a leitura da sentença.

O confessor estava na carroça e tentava convencê-la a morrer na graça de Deus. Com uma beleza insolente sob a tosca túnica dos condenados, a longa cabeleira loura escorrendo-lhe pelas costas, ela jamais se julgara uma pecadora ou criminosa. Não tinha do que se arrepender.

Apesar dos insultos da gentalha e dos amigos a quem as promessas de sangue tanto excitavam, dos burgueses extasiados e dos nobres que haviam alugado as janelas das casas voltadas para a praça, Pérola vislumbrava com absoluta calma tanto o seu presente quanto seu destino. Sabia que todos os que estavam ali se rejubilavam ao assistir à mutilação de seu corpo soberbo, cujo único erro fora amar!

A carreta funesta puxada por dois cavalos negros chegou à praça, e ela pôde ver o patíbulo onde enforcariam seu servidor e o cadafalso onde morreria. Fora condenada a ser decepada. Olhava com piedade o cúmplice e o confessor. Levantou os ombros e a cabeça e abarcou com o olhar a multidão. Enfrentava tudo com um olhar altaneiro e a multidão se perturbou.

Ao pendurarem seu cúmplice na forca, como um estranho aviso, um raio riscou o céu, um fogo de gelo correu pelas nuvens e uma tempestade repentina jorrou sobre a praça. Seu cúmplice parou de sofrer, se é que ainda sentia alguma coisa. Uma debandada precipitou o povo para toda espécie de abrigo. O confessor e o carrasco se refugiaram sob o cadafalso. Ela permaneceu na carreta sob o aguaceiro. Baixando o olhar, observou atrelada aos cavalos a carruagem coberta pela mortalha negra que aguardava o seu cadáver, e sentiu-se já no outro mundo.

O aguaceiro era uma trégua que Deus lhe dava. Pôde rever a absurda comédia que fora sua existência, as brigas alucinadas entre ela e o marido pelo poder, pela posse do dote que seu pai lhe deixara. Jamais houvera entre eles um momento de amor. Seu marido vencera. Com ela morta, iria gozar tranquilamente de seus bens, a impedindo de gozar seu amante. A figura majestosa de seu amante lhe veio à mente. Onde estaria ele? Já morto? Ou aguardava para ver seu cadáver decepado?

Ensopada de chuva, se perguntava por que não fugira com ele ao invés de esperar o julgamento. Chegara em algum momento a ter esperança de vencer aquela batalha?

O ímpeto da tormenta diminuiu. Aos poucos, o espetáculo foi se refazendo. O populacho retornou à praça. Com o ânimo amolecido pela água, rezava em uníssono. O confessor retornou e tentou encaminhá-la para uma boa morte. Não se cansava de dizer que seu corpo pecara, mas a alma ainda poderia ser salva! Ela não acreditava ter pecado, simplesmente fora mais fraca e perdera a guerra. O senhor seu marido deveria estar em alguma das sacadas regozijando-se com sua derrota, que ela assumia com a mesma altivez de todas as lutas que haviam disputado! Não havia o que confessar, e muito menos do que se arrepender!

Chegou a hora de descer da carroça. Estava com a roupa tão encharcada que não conseguiu, e o carrasco lhe estendeu a mão. Pisou nas poças de água, antevendo seu sangue avermelhando toda a aguaceira que sobrara do temporal.

Subiu ao cadafalso como se não fosse ela, como se já estivesse morta e se vendo agir naqueles atos sem sentido. O carrasco a orientou a se posicionar ajoelhada e a puxar todo o cabelo para frente. A nuca deveria estar limpíssima!

Ela obedeceu, mas antes seu olhar resvalou por uma sacada e se deparou com seu marido, numa pose arrogante com o cálice de vinho na mão. Diante da visão, apressou-se em colocar a cabeça no cepo. O carrasco ergueu o pesado cutelo com as duas mãos, girou-o no ar por três vezes e o lançou sobre o pescoço da vítima. Um ruído surdo reverberou por toda a praça causando um momento de silêncio aterrador até que o sangue jorrou e a cabeça rolou. Um dos lacaios pegou-a pelos cabelos, exibiu-a aos presentes e colocou-a sobre o cepo, com a face voltada para a praça. Só então o movimento retornou e a turba alvoroçou-se. Atropelavam-se, pisoteando o sangue, para contemplar sem piedade aquele rosto sem corpo que uma estranha luz cósmica iluminava.

Pérola sentiu seu espírito pairando sobre aquele horror. Viu seu amante agonizando, ainda sob suplícios atordoantes que não existiam em inferno nenhum a não ser nas casas de tortura criadas pelos homens. Viu suas mandíbulas de ferro quebradas, sujas, e não podia fazer coisa alguma. Viu o marido comemorando a vitória, tomando um bom vinho, ao lado de amigos que o endeusavam.

Viu tudo aquilo, mas não sentiu sequer compaixão. Tinha plena consciência de que era chegada a hora de a alma sair do corpo e existir num estado não físico. Seu espírito flutuava sobre a cena dantesca sem se emocionar. Como previra, avistou seu sangue formando um rio misturado à água da tormenta.

Um novo aguaceiro começou a cair. Mais uma vez a debandada foi geral, desta vez definitiva, uma vez que o espetáculo havia chegado ao fim. Levaria algum tempo até que o lacaio tirasse a cabeça do cepo e a embalasse junto com o corpo na mortalha da carroça. Seu espírito olhava a cabeça exangue. Já não fazia parte daquilo.

Pérola voltou à jabuticabeira. No dia seguinte veio ao consultório e narrou cada detalhe. Expliquei-lhe que, como nobre em Paris, com certeza havia sido decepada antes da Revolução Francesa, por volta de 1.700. Mais tarde, em vez de um carrasco com o cutelo, passou-se a usar a guilhotina, em nome da igualdade, da fraternidade e da liberdade. Eram tantas as execuções que a guilhotina foi considerada um avanço e proposta na Assembleia Nacional como uma forma de tornar a morte suave, rápida e indolor, de minimizar os circos de horror cheios de máquinas de tortura onde todos podiam assistir a suplícios macabros e intermináveis.

Continuando os exercícios de meditação, antes que Gaspar retornasse, ela ainda se viu em alguns *flashes* rápidos que considero importantíssimos. Num deles sentiu-se estonteada, ouvia vozes em sua cabeça que não paravam de falar. Fixou as imagens e viu-se num tempo longínquo. Em seu coração, sabia o que as vozes diziam, mas as palavras não chegavam aos seus ouvidos com clareza. Sentiu-se numa época em que as pessoas se vestiam com túnicas, e enxergavam o mundo de outra maneira.

Viu-se caminhando sobre a relva em um campo aberto. Segurava um galho de árvore com um pêndulo na ponta. Avançava muito devagar, os olhos pregados no pêndulo. Depois de algum tempo, ele se moveu. Ela prosseguiu com maior cuidado. Moveu-se para a direita e a oscilação diminuiu. Para a esquerda, a oscilação foi aumentando violentamente. Era o local que buscava.

Ela sabia exatamente o que estava fazendo e o fazia com determinação. Abaixou o pêndulo, e alguém que estava a seu lado fincou uma haste no local. Pérola se pôs em pé de braços abertos, com o rosto voltado para o céu, e sentiu que uma luz muito brilhante era captada por aquele exato ponto da terra.

Nas noites que se seguiram, viu-se dormindo sobre a relva. De dia, no lugar onde fincara a haste, muitos homens cavavam uma vala. Rolando sobre troncos, duas imensas pedras chegaram até ali e foram colocadas lado a lado. A luz fluía sobre todos que abriam os braços encostados nas pedras. Havia cerimônias e rituais. Ao longo dos dias, foram sendo marcados outros pontos e colocadas outras pedras ao redor daquelas duas. O local tornou-se sagrado.

A visão se dissipou. Quando retornou, viu-se num local escuro que sentiu ser uma caverna. Não enxergava bem porque havia uma bruma, alguma coisa queimava no centro da caverna e espalhava uma fumaça espessa. Colocou as mãos sobre a rocha e alguém assoprou um pó sobre elas. Quando retirou as mãos, elas estavam impressas. Aquela rocha era um véu entre ela e o mundo dos espíritos. Aspirou a fumaça e sentiu quando suas mãos passaram para o outro mundo e trouxeram a imagem de um estranho animal, que ela desenhou na pedra. A fumaça foi se tornando muito densa e a visão se dissipou.

Meu querido João, como você pode imaginar, as visões de Pérola não param de me surpreender. Nestas duas últimas, ela afundou em vidas muito antigas, num tempo em que os homens ainda não haviam perdido a ligação com os deuses. Quando se fala em reencarnação, jamais se pensa que a alma seja tão velha. Por outro lado, se pensarmos no Universo, um tempo de quinze ou vinte mil anos é uma gota de água. Acho que para nós, inseridos num corpo humano tão efêmero, a eternidade é muito difícil de entender.

Mas voltando à minha paciente, expliquei a ela tudo o que sabia sobre dólmens e pinturas em cavernas. Tivera visões de uma sacerdotisa de verdade, a primeira ajudando a buscar os lugares sagrados, o ponto de comunicação com os seres de sabedoria onde poderiam fazer seus rituais e aproximá-los do nosso planeta e a segunda, numa caverna, atravessando com as mãos o véu de pedra entre o mundo conhecido e o mundo invisível, de onde trazia a imagem do animal que visualizara.

Embora muito antigas e em pequenos fragmentos, eram visões maravilhosas: valia a pena pesquisar sobre eras tão longínquas. Tanto os dólmens como as cavernas continuam um mistério. Há teorias, mas ninguém tem certeza de nada. A ideia do transe nas cavernas e das imagens captadas em estado de consciência alterada são teorias muito recentes de cientistas estudiosos do assunto. Não sei que técnicas usar para que ela retorne a estas vidas e consiga penetrá-las um pouco mais. Talvez a chegada de Gaspar consiga novas revelações.

Querido João, conforme explicava, fui me sentindo emocionada. Percebi que Pérola não é somente o reflexo da carta de tarô: fora uma sacerdotisa de verdade, e com certeza continua sendo! Demorei a formar as frases e explicar que na Antiguidade nossos ancestrais acreditavam que os grandes mistérios eram as transformações: o modo como as coisas se convertiam em outras, como cresciam, morriam e renasciam. Naquela época, a capacidade de conceber vida, dar à luz, produzir leite e sangrar com as fases da lua inspiravam reverência. E era a mulher quem tinha o poder de produzir e nutrir a vida. Sem seu corpo, não haveria o milagre da reprodução. Sem seu leite, a nova vida se extinguiria. A mulher era comparada à terra, ao solo, onde a cada primavera tudo brotava: trigo e limões, cebolas e maçãs.

Será que hoje, com toda a tecnologia e conhecimento científico, existe alguém capaz de explicar por que e para quê a terra é capaz de bombear tudo isso para cima? Este é o milagre da criação! Cada semente deixada em solo fértil produz vida. E é no solo fértil da mulher que acontece a transformação, é gerado e nasce um novo ser. Talvez por isso não exista Igreja Católica que se sustente sem a Virgem! Sem Nossa Senhora, a sacerdotisa provedora da vida!

Pérola tinha o pensamento no retorno de Gaspar e não se impressionou nem um pouco com minhas palavras. Observei seus olhos perdidos no nada e sorri. Não era um dia para explicações. Todo o seu ser se preparava para o encontro com Gaspar. Seu olhar de pássara feliz transbordava. A medalha sem santo saltitava sobre seu peito. Já estava envolta naquele amor sagrado que persistia por milênios e mais uma vez permitiria o verdadeiro encontro das almas. Era melhor deixar as explicações para depois.

Ela se foi e fiquei pensando naquelas visões. Tenho escrito a você na ordem cronológica das consultas, mas se pensarmos na ordem cronológica de sua alma, ao longo da História, ela talvez tenha começado determinando o ponto exato dos dólmens, pintou nas cavernas, participou de sabás, foi parteira e conversou com espíritos, fez poções para o amor, matou o marido e foi condenada pela inquisição, ensinou a um templário suas artes mágicas, assistiu a exorcismos, ajudou aos doentes e sobreviventes de epidemias e da peste negra, foi decapitada em Paris.

Como ama na casa do duque de Milão, Pérola perdera definitivamente o medo de enveredar pela própria alma. Naquela encarnação, o homem das mandíbulas de ferro a tinha aconselhado a ver os quadros da via-sacra com os olhos e o coração. Na época, o tarô era repintado numa tentativa de demonstrar que a vida era para ser vivida e não deveria ser carregada como um fardo pesado, que fazia as pessoas se encurvarem. Foi então que percebeu que há séculos Jesus era lembrado por suas mazelas e torturas.

Quem sabe nesta era de Aquário os deuses, mais uma vez, desenhem o caminho mágico sem tantas explicações mirabolantes e objetivos grandiosos, mas cheio de alegria e felicidade. Com certeza é a hora de se deixar para trás intransigências religiosas e de transformar a vibração de tristeza e tragédia. É a hora de meditar e descobrir dentro de si o poder do espírito, a força que governa cada alma. É hora de voltar a olhar e enxergar os milagres da vida!

Embora tenha sido somente uma ouvinte, e jamais tenha sequer conhecido Gaspar ou participado de qualquer das visões, eu também vivi uma história. Através do amor, Pérola foi desvendando a própria alma. E através de Pérola, pude rever trechos importantes da História sob o ponto de vista de uma mulher, ou do que podemos chamar de sacerdotisa. Tive também a oportunidade de constatar que as coincidências agiram e estão agindo em nossas vidas: a minha e a sua, meu querido João.

Pérola está se preparando para receber Gaspar e pediu férias nas consultas. Vai viver esse amor com todas as suas forças, e depois com certeza vai retornar. Vamos nos aprofundar um pouco mais na memória de nossas almas.

Após aquela última consulta, fui para casa pensando que era eu quem precisava comemorar. Não tomei o uísque que tomávamos todas as tardes. Abri uma garrafa de vinho muito especial e deixei-o respirar enquanto tomava banho.

Embaixo da água, senti um relaxamento tão grande que visualizei um relâmpago em que me vi numa cabana, observando outra mulher que preparava uma poção. Ia adverti-la de alguma coisa, mas veio outro relâmpago e eu estava numa dança ensandecida em que gestos, braseiros incandescentes e vapores infernais tomavam conta de tudo. Estava diante de uma estátua negra e senti que, com a força do pensamento, eram criados elementais que davam vida a um poder muito forte. A água do chuveiro entrou pela minha boca e me assustei. Talvez estivesse sonhando! As cenas haviam sido tão rápidas que não pude precisar quem estava nelas. Talvez fossem somente alguns resquícios das leituras do caderno de Pérola, ou quem sabe eu estivera ao lado dela por muitas encarnações...

Depois do banho, vesti roupas bem confortáveis. Acendi a vela perfumada sobre a mesa, peguei uma taça de cristal e enchi de vinho. Degustei cada golinho enquanto tentava visualizar a euforia de Pérola se preparando para Gaspar. Vi também minha própria euforia, seguindo as visões e reencontrando você, João. Mesmo sem nosso filho, estamos revendo e reencontrando o sentido das nossas vidas, nos preparando para retornar à nossa casa. São histórias diferentes que foram se completando.

Coloquei sobre a mesa a carta de tarô da Sacerdotisa. Ali estava Ísis, a deusa da intuição, Kuan Yin, deusa da compaixão, Artemis-Diana, deusa da natureza e Vênus-Afrodite, a grande deusa do amor. Fixando bem os olhos, foi possível ver Iemanjá, nossa deusa das águas, protetora dos amantes. Todas elas se juntavam e formavam uma mulher exuberante, com as mãos abertas distribuindo pérolas e cristais, sobreposta ao sol, à lua e às estrelas, envolta pela natureza. Pérola também fazia parte daquela galeria, assim como tantas outras mulheres com quem cruzamos todos os dias. Foi olhando aquela imagem que decidi fazer um painel para colocar no hall de entrada da nossa casa com algumas reproduções das sacerdotisas mais interessantes dos tantos tarôs que venho colecionando.

Partilhar as visões de Pérola deu-me a sensação de ter passado os olhos pela História da humanidade. É como se ouvisse os sons e sentisse o brilho de muitos dias e noites de há muitos séculos e muitas milhas, cuja ressonância veio vibrar exatamente ao nosso redor. É como se pudesse sentir a circularidade do tempo, onde a criação se repete num Universo infinito, num ciclo de criação e destruição ao ritmo de uma dança das marés que dura a eternidade.

Degustando um vinho delicioso, naquele final de tarde, me dei conta de que o mundo é um milagre muito além de minha compreensão. Como explicar os conhecimentos e lembranças que existem em cada ser humano? Como saber de onde somos, para que viemos, para onde vamos? Diante dessas questões, senti que a vida na Terra é extremamente breve. Num relâmpago da eternidade, somos deixados num mundo maravilhoso, encontramos aqui tantas outras pessoas, somos apresentados uns aos outros e caminhamos juntos durante algum tempo. Embora a única certeza seja a morte física, fazemos parte de uma história comum que continua a se desenrolar, e retornamos para aprimorar o espírito, aprender alguma coisa que conscientemente ainda desconhecemos, ou simplesmente para participar da prodigiosa experiência de estar vivo!

Levantei o cálice e brindei à magnitude do Universo. O vinho, o incenso, a luz da vela, tudo aquilo foi me proporcionando uma tremenda leveza. De tudo o que conheci na vida, o amor é o mais difícil. No entanto, desde o começo dos tempos, é através do amor que todos procuram entender o Universo. E mesmo correndo o risco do fracasso, das decepções, das desilusões, ninguém desiste da busca do grande milagre do amor!

Por um momento, me senti entristecida por todos os seres humanos que acabam se acostumando a uma coisa tão incrível, tão imperscrutável e maravilhosa como a vida! Acabam achando evidente o fato de existirem e poderem se queixar de suas mazelas, sem dar-se conta do milagre pelo qual estão passando! É preciso começar por tentar entender o fato de nascermos humanos do ventre de uma mulher! Chegamos a esta terra engendrados no grande milagre da trindade: pai e mãe gerando um filho.

Olhando o céu que flutuava sobre a cidade, pensei que se tivesse a capacidade de compreender os milhões de anos-luz que separam os corpos celestes, talvez pudesse avaliar que as vidas neste planeta são um ínfimo instante no fluxo e refluxo da alma eterna. Reencarnamos ao lado das mesmas almas e as reconhecemos por atração ou repulsa imediatas, pela repetição de antigos padrões de comportamento em outras vidas.

Voltei-me para o céu e agradeci a Deus por estar mais uma vez participando da vida na Terra. Agradeci também por todas as coincidências que estão nos aproximando e reordenando nossas vidas.

Levantando meu cálice, observei cada estrela visível e brindei, perguntando qual delas seria a verdadeira morada de minha alma. Nenhuma piscou ou intensificou seu brilho. A única certeza é que o dia de retornar vai chegar. Então eu saberei!

Te vejo lá em casa! Segundo Alberto, vamos ter uma grande surpresa!

Um beijo carinhoso
Maria Moura

O LIVRO

"Existe um mundo. Em termos de probabilidade, isso é algo que esbarra no limite do impossível. Teria sido muito mais fidedigno se, por acaso, não existisse nada. Nesse caso, ninguém teria começado a perguntar por que não havia nada."

Jostein Gaarder

Vou começar meu epílogo tentando sintetizar os pensamentos de Maria Moura. Com a simples existência do nosso mundo, os limites do improvável já foram superados. Se o mundo existe, por que não haveria de existir outro mundo depois? Ou mesmo antes? Esta é a questão: se nosso misterioso e fascinante mundo existe, por que não haveria outro? Em outros níveis que não temos nesta vida a capacidade de compreender?

Podemos afirmar, através de modernas imagens telescópicas, que existem milhares de outras galáxias. Aliás, quanto mais melhoramos a qualidade dos telescópios, mais assustados ficamos com o tamanho do Universo e outros tantos mistérios. Por que a sucessão de um nível da realidade a outro seria menos provável do que uma sucessão no tempo e no espaço? Ou, dito de outro modo: por que seria impensável a sucessão do nível da realidade conhecida a um nível metafísico? É possível despertar de um sonho da mesma forma que é possível se desligar de uma realidade turbulenta e adormecer, mergulhando num sonho. Ninguém sabe de ciência o que é este mundo. É muito fácil se deixar enganar pelos limites que o nível da realidade nos impõe.

Quando sugeri a João que fôssemos assistir ao congresso em que a mulher dele participava, fazia algum tempo que ruminava diversos pensamentos sem conseguir ordená-los. Durante a doença de minha esposa, Tânia, fui incapaz de produzir o que quer que fosse. Não tinha concentração sequer para ler e apreender o que lia. Também não consegui começar nada novo nos primeiros meses depois de sua morte.

É curioso o quanto um homem da minha idade pode se sentir dependente de uma mulher. É quase aterrador verificar a que ponto nossa força vital pode se debilitar com a ausência de um ser querido, embora a gente continue ouvindo de todos à nossa volta: "Oh! Você está bem!". Faz dois anos que Tânia morreu. Antes disso, passou outros dois agonizante, entre quimioterapias e radioterapias, com grandes esperanças de cura seguidas de decepções atordoantes. Estivemos casados por toda a vida, ou seja, por mais de quarenta anos. Eu e João havíamos passado por desgraças de igual intensidade. Talvez a dele fosse maior, pois perder um filho muito jovem baleado sem motivo deve ser pior do que perder a mulher numa doença que se apresenta por força do destino. Na tentativa de reavivar minha aptidão para a escrita, que sentia completamente travada, havia me fixado na dor do meu amigo para desenvolver meu próximo romance. Era a saída encontrada para fugir ao embotamento em que eu mergulhara desde a partida de Tânia.

No entanto, transformada em personagem, sua figura não me levou além do reviver de dores, amarguras e decepções. Quando insisti para irmos ao congresso, não tinha nenhuma ideia em mente. Talvez o fato de estarmos com pouco serviço no jornal tenha sido o motivo principal. Havia também a curiosidade em conhecer Maria Moura. Afinal, até ali, ela era uma das principais personagens das nossas conversas. Nem vou me repetir sobre as coincidências que a vida coloca em nosso caminho. Ao ser apresentado a Maria Moura, senti uma fisgada no fundo do coração. No instante em que a vi, pude afirmar que era a personagem em busca do autor. No decorrer de sua palestra, o assunto me fascinou. De repente, me senti curado das profundas feridas, mais uma vez com os sentidos em alerta para captar cada detalhe da minha personagem. Não podia mencionar nada disso a João. Optei por não me precipitar. Era uma história que eu queria levar para casa. Gravei na mente tudo o que consegui.

Jamais gostei de falar sobre o que estou escrevendo, pelo menos enquanto não termino o processo de montar a história. E temia que os comentários pudessem estragar tudo, caso meu projeto se transformasse em assunto de conversa durante o trabalho. Aquilo iria se espalhar por toda a redação e eu perderia o foco. Não sei se outros romancistas trabalham assim, mas gosto do segredo. Escrever um romance é como ter um caso proibido. A gente não faz outra coisa na vida que não seja pensar nele, e tem que escondê-lo com todas as forças.

Sou o mais velho da turma de jornalistas; e agora, enquanto escrevo na tela do computador, tento manter a coluna ereta, caso contrário começam as pontadas incômodas. Apesar de todos os cuidados, da academia, da alimentação balanceada e da química de suporte, sei que estou carregando um esqueleto enfraquecido, os ossos vão se gastando, os órgãos perdendo o viço. Gostaria de ter continuado com minha companheira, o que me ajudaria a decifrar o último trecho da jornada, mas não há nada a fazer quando o destino se impõe. Ele não é justo nem injusto, é simplesmente iniludível. É como é! Por isso, sempre acaba tendo razão. Continuo aqui, sozinho, cumprindo minha missão neste planeta.

Devo dizer que nem tudo o que aconteceu depois do congresso aconteceu por acontecer. Não que me dedicasse a bancar o alcoviteiro; apenas ajudei a pôr em movimento certos processos, cujo andamento, não fosse a minha ajuda, teria sido mais lento. Mas vamos à ordem cronológica.

Quando cheguei ao congresso, conhecia Maria Moura das tantas conversas que tive com João. Também sabia que os dois estavam separados, e que a separação era uma bobagem. Várias vezes eu disse a ele que era coisa de psicólogo. Ele respondia com um sorriso complacente. Sabia que ele sentia da sua Maria Moura a mesma falta que eu sentia de Tânia.

Haveria um momento em que aquela sombra da dor se dissiparia e eles retomariam a vida. Aliás, quando insisti para que ele fosse ao congresso, uma das coisas que me ocorreu foi que ele e Maria Moura reatariam o fio de suas vidas, coisa que eu já não poderia fazer nesta existência.

Conforme fui ouvindo a palestra de Maria Moura, sua maneira de falar, a experiência de Pérola, foi ficando mais claro para mim que seria ela a narradora do romance que eu queria escrever. Tive a profunda intuição de que faríamos uma boa dupla. Sua visão de mundo, sua certeza da eternidade, da capacidade de sobreviver a tantas mazelas, de podermos estar próximos aos espíritos que amamos, me interessou desde o primeiro momento. Também suas ideias sobre as mulheres sacerdotisas e o fato de as grandes catedrais europeias serem dedicadas à Notre Dame, resquícios das sacerdotisas locais, me encantaram. Aliás, todas as coincidências envolvendo a sacerdotisa me fascinaram. Embora ela falasse de destinos femininos, reconhecia-me nos pensamentos dela. Essa era uma condição necessária para que a transformasse na narradora do romance.

Sou um ser de carne e osso, mas sou também um ser de espírito. Nunca aceitei a ideia de que a alma do ser humano não passa de um absurdo fenômeno baseado em proteínas e aminoácidos, apenas uma secreção bioquímica. Mesmo sem ter meios de enxergar com minha consciência, sou capaz de perceber o Universo incompreensível e o poder de raciocínio superior que revela em cada grão de poeira. De modo que ouvir a palestra de Maria Moura veio a calhar para o meu retorno à vida, aos meus projetos literários.

Num de nossos encontros, e isto estava ocorrendo amiúde, bebemos muito. Ao acordar na manhã seguinte, me arrependi de ter falado demais, e um arrependimento desta natureza tem sempre duas vertentes: de um lado podemos ter falado mais do que devíamos, porém, de outro, é uma característica da ressaca exagerar a importância de se ter dito mais do que se deveria. Na confusão do arrependimento, não sabemos direito o que dissemos e o que só pensamos ter dito.

Podemos passar a manhã seguinte atormentados pelo medo alucinado de ter arranjado um inimigo para sempre ou ter feito um amigo, um amigo da alma, daqueles que conhecem nossos segredos mais recônditos. Naquele encontro, também eles abusaram do álcool. Conheceram um pouco dos meus segredos e conheci muitos dos deles! Com tal aproximação, intuí com muita clareza a maneira de montar a minha história. Da mesma forma macia com que Maria Moura falava a João quando estava embriagada, ela lhe escreveria cartas, ou melhor, e-mails. É mais moderno! Uma fala virtual! E além do mais, num texto virtual a gente se arrisca. Pode-se captar o zumbido das vozes que pairam no âmago da matéria e registrá-las.

Em ocasiões anteriores, já havia tomado situações reais como ponto de partida para meus romances. Não por falta de imaginação, mas é muito difícil inventar personagens realmente vivos sem que os veja e sinta!

Depois da morte de Tânia, era como se nem as pessoas reais conseguissem focalizar minha imaginação. A vida seguia como uma bola de neve e eu me deixava levar por ela. Era preciso encontrar pessoas novas com situações interessantes para que voltasse a escrever. Precisava me exercitar com novas ideias e pensamentos.

Saí da palestra de Maria Moura com a consciência focalizada na experiência de Pérola. Onde havia começado? Nos dólmens, nas cavernas, ou mesmo em outras galáxias? Perpassou por tantas mazelas nos sabás, nas missas negras, nos tribunais do Santo Ofício, num castelo em Milão, na corte de Paris... Teria Pérola captado imagens e vozes dentro da alma? Ou numa memória coletiva onde também existem os mesmos arquétipos que o tarô tão bem representa?

Acredito que nas pegadas deixadas pelos seres humanos zumbem muitas vozes, vozes demais. Se pudéssemos escutar sobrepostas todas as vozes das gerações anteriores, a maioria das pessoas desabaria no nada. No entanto, vozes captadas no fundo da alma, e com tanta nitidez como no caso de Pérola, precisavam de um registro.

Depois da morte de Tânia, ouço vozes também. Continuo tendo longas conversas com ela, e nem sempre tenho consciência se falo em voz alta ou se trata apenas de algo que penso. Pelo menos sei que uma vez ou outra falo em voz alta; e ela me responde, ou seja, ouço sua voz em meus pensamentos. Ou será que também ela fala em voz alta?

Enquanto ela vivia, foi sempre fácil conversar com Tânia. Sabia o que ela diria, não apenas a opinião que tinha sobre cada assunto, mas exatamente o que ia dizer. Nos conhecíamos muito bem. Quando conversamos agora, por vezes as respostas são muito diferentes de tudo que eu poderia supor. Com certeza sua visão da vida na terra mudou muito, e ela tenta me pôr a par do mundo em que vive agora. Nossa convivência se mantém de certa maneira intacta, não apenas porque continuamos a conversar, mas por todas as lembranças que compartilhamos.

Sinto falta da presença dela, de seu sorriso. Ela era alegre, gostava de sair, de beber e de comer. Vivia cada momento com intensidade. Quando a conheci, já era apaixonada pelo tarô. A princípio, também eu me maravilhava com aquelas cartas que conhecia pouco e que ela decifrava tão acertadamente. Creio que essa característica tão curiosa foi uma das coisas que me levaram a me apaixonar perdidamente por ela. Mais tarde poderia odiá-la exatamente por essa excentricidade. Acabava me aborrecendo com as explicações tão sábias que tirava daquelas cartas. Aborrecia-me a cada vez que a via embaralhar as cartas.

E agora que ela não está mais aqui, sinto uma tremenda falta do ínfimo ruído das cartas sendo embaralhadas. Com certeza o tarô foi também um dos pontos que me fisgou nesta história. Ouvir todas as coincidências sobre a carta da Sacerdotisa me trouxe a imagem de Tânia embaralhando as cartas, sorteando a mais acertada para cada momento da vida. Deve ter sido ela a me afirmar que eu deveria morder aquela isca! Desde que me senti fisgado pelo assunto, passei a telefonar a Maria Moura. Logo no nosso primeiro encontro, dei um jeito de arranjar o telefone de Pérola e levá-la junto. Jamais contei a Maria Moura sobre o pequeno presente para a secretária de sua clínica. Precisava conhecer a mulher que tinha livre acesso a um nível metafísico, e foi fascinante encontrá-la, uma pessoa comum, vivendo as lutas cotidianas como cada ser humano desta terra. As poucas vezes em que encontrei Pérola não pude evitar visualizá-la em seus amores alucinados com Gaspar através dos séculos. O pecado capital da inveja não seria adequado para explicar meu sentimento, um desejo muito grande de poder ser eu a viver tal paixão, e esta paixão ser capaz de me proporcionar o acesso ao metanível de minha alma.

Depois do nosso primeiro encontro telefonei nem sei quantas vezes a Maria Moura; nos encontramos tendo na maioria das vezes a companhia de João. Ao mesmo tempo em que ia sabendo cada detalhe das experiências de sua paciente, ia também reaproximando os dois. Aliás, não era uma reaproximação, pois eles sempre estiveram juntos. Tratava-se simplesmente de fazê-los enxergar que não havia dor que não pudesse ser superada, e que a vida era um grande mistério a ser desfrutado. Novos projetos apareciam e não foi difícil convencê-los da tarefa comum de reformar a casa e reorganizá-la com novas energias, para voltarem a viver nela. Como Maria Moura dizia às suas pacientes, era preciso viver na vibração do planeta no momento em que estávamos aqui, e sair-se o melhor possível.

Continuei encontrando João diariamente. Conversávamos sobre nosso trabalho, a economia. Por vezes deixava escapar algumas perguntas sobre o trabalho de Maria Moura e suas pacientes. Sabia que estava me arriscando, e devo confessar que me sentia capturado na minha própria rede. O romance seguia como um caso proibido, e por vezes deixava rastros nas tantas perguntas que eu fazia. Por sorte, nenhum dos dois chegou a perceber.

Da mesma forma que Maria Moura gravava suas consultas, passei a levar um gravador de bolso aos nossos encontros. Cheguei a ficar emocionado quando ela falou sobre castelos de areia. Ouvi diversas vezes aquela fita, me vendo criança e erguendo castelos na praia: era um trabalho fascinante construir pequenas torres com a areia molhada escorrendo pelos dedos. Quando se observa crianças construindo esses castelos é como se estivessem em transe. Mesmo numa praia apinhada de gente, ficam absortas na tarefa até que decidem desmanchá-lo, ou por vezes a maré sobe e uma onda audaciosa se entranha nos alicerces arenosos e põe tudo abaixo. Jamais me ocorreu associar aquilo a Platão e à reprodução das imagens que trazemos no espírito... Ou mesmo ver como uma estrela distante o mundo das ideias a que ele se referia! Esses mundos de ideias poderiam estar em diferentes estrelas, em galáxias inimagináveis!

Tudo aquilo me pareceu poesia pura. Escrevi o mais próximo possível da realidade. Compus uma história que, como tudo, precisava ter um fim, embora tenha certeza de que o grande amor de Pérola e Gaspar vai continuar por toda a eternidade. Poderia dizer que a atração, o desejo de união, de se dissolver um no outro, seja uma saudade do retorno ao seu mundo de ideias, à sua estrela.

A história de João e Maria Moura ainda não terminou, talvez jamais termine, se concordarmos com a teoria da transmigração da alma e da eternidade. O importante é que apressei seu retorno creio que à felicidade, ou ao companheirismo nesta vida. Afinal, tinham perdido um filho, mas também o tiveram e o criaram juntos até os dezessete anos. Estão conseguindo renovar as energias da casa, e com certeza viverão nela muitos momentos felizes.

Maria Moura está compondo um painel magnífico com Sacerdotisas do tarô para colocar na entrada. Da mesma forma que deu sua ametista predileta a Pérola, dei a ela alguns tarôs que pertenceram a Tânia e que ela ainda não tinha em sua coleção. Quando for à casa deles, vou poder observar algumas de "minhas" Sacerdotisas reproduzidas logo na entrada.

Quando a história ficou pronta, senti certo constrangimento em mostrá-la a João e Maria Moura. Era mais um lance a ser enfrentado. Marcamos um encontro onde entreguei as cópias, uma para cada um, sem mencionar que Maria Moura era a narradora e que a história de sua paciente, Pérola, era o fio condutor da minha. Comprometeram-se a ler o romance e trazer as críticas, construtivas ou negativas. Afinal, eu estava retomando minhas atividades e precisava de ajuda. A opinião deles era importantíssima, especialmente sobre os pontos fracos do texto. Os dois partiram e marcamos a data do próximo encontro para a semana seguinte. Fui para casa imaginando a reação deles ao ler e se verem pegos na rede.

Continuei me encontrando com João diariamente e ele não fez mais do que dizer que só falaria do romance no dia marcado. Isso me deixava aliviado e tranquilo para continuar escrevendo meus artigos sobre economia.

Uma semana depois o encontro aconteceu no meu apartamento. Convidei-os porque achei que ficaria uma conversa mais íntima. Nos sentamos no terraço e pudemos apreciar o pôr do sol exatamente como o descrevi num dos e-mails de Maria Moura para João. Acompanhamos com o olhar o disco solar vermelho-amarelado até ele cair de boca para cima e rodar pelo horizonte de telhados e torres de prédios. Maria Moura reconheceu imediatamente a cena. Fora o capítulo em que ela descrevia o adultério, ou melhor, a fantástica paixão de Pérola, sua primeira noite de amor com Gaspar nesta vida.

Era justo que nós três rendêssemos as últimas homenagens ao dia. Talvez fosse uma ocasião para champanhe, e eu havia deixado um na geladeira, mas sabia que eles se sentiriam mais à vontade com o uísque e o balde de gelo. Era o que faziam quando estavam juntos e o que começavam a refazer agora, já tendo decidido voltar a viver juntos.

Foi Maria Moura quem levantou o copo e brindou por tudo o que Pérola trouxera para nossas vidas, inclusive o romance que eu escrevera.

— Quando você demonstrava tanto interesse, jamais imaginei que pudesse ser esse o assunto do seu livro! — ela sorriu, cheia de emoção. — Adorei! Você conseguiu captar tudo o que havia de importante no caso sem desprezar nenhum detalhe. Li em algum lugar que escrevemos para recordar a verdade. Quando inventamos, é para recordá-la mais exatamente.

Limitei-me a sorrir e mais uma vez levantar o copo num brinde. Deixei a bebida muito gostosa descer, sentindo-a em cada centímetro da garganta.

Os dois haviam lido com muita atenção. Maria Moura havia feito inúmeras anotações. Conversamos e bebemos por algumas horas. O fato de terem gostado e se mostrarem animados era um ponto muito importante para mim. João estava encantado com o fato de aquela história ter sido escrita e de ser eu o autor. Sabia que, apesar do que fazemos ou deixamos de fazer, daqui a algum tempo tudo terá sido esquecido. Num romance, a história duraria mais tempo e mais pessoas iriam tomar conhecimento dela.

Maria Moura, que na sua palestra tentara dar fôlego a seus ouvintes para que trabalhassem sem medo suas experiências envolvendo entradas num metanível, exultou com a ideia de aumentar o número de pessoas que pudessem se beneficiar da experiência de Pérola.

Recebi muitos elogios e me senti orgulhoso do trabalho. Bebemos, mais uma vez trocamos confidências provocadas pelo álcool, nos tornamos mais amigos. A claridade do dia esmaeceu, a noite chegou com suas estrelas. Eles se foram e eu fiquei.

Fiquei feliz ao vê-los entrar abraçados no elevador. Eu, meu romance, meus personagens, tínhamos muito a ver com a continuidade daquela história. João e Maria Moura estavam retomando suas vidas, e ter aquele caso de Pérola transformado em romance daria muito assunto. Não tinham mais o filho presente, mas teriam a companhia um do outro por mais algum tempo. Também eu começava a retomar os fios da minha vida. Não tinha Tânia, mas retomara meus personagens que, afinal, eram magnífica companhia para o final desta jornada.

Assim, fiquei sozinho outra vez. Sentia-me unido a eles muito mais do que qualquer um dos dois teria sido capaz de entender. Boiando na satisfação de uma tarefa cumprida, olhei para baixo da minha sacada. Vivendo numa cidade grande como São Paulo, não tenho muitas oportunidades de contemplar a natureza. Um escritor como eu tem obrigação de sentir o espaço, a grandiosidade do Universo, e com certeza o prodígio que é estar vivo. Da minha sacada, posso acompanhar um pouco da vida da minha rua. Ela é bem iluminada. Uma brisa fresca vai instalando a noite. Na calçada há um ponto de ônibus com um casal de namorados se beijando; um grupo de pessoas indiferentes completa a fila. Apesar do avançado da hora, os carros continuam sua jornada, talvez no rumo de suas casas. Uns poucos pedestres caminham ou atravessam o asfalto. Uma pomba escura insiste em se manter acordada e ciscar nos vãos da calçada.

Noto um forte contraste entre quão maravilhosa é na realidade a vida cotidiana e quão normal e corriqueira parece ser aos que nela estão envolvidos. Ninguém se questiona sobre cada um de seus atos cotidianos. Eu, João e Maria Moura estamos vivendo uma história que só pôde ver a si mesma a partir do momento em que a registrei em palavras.

Perdemos entes queridos, mas teremos toda a eternidade pela frente e a tivemos atrás de nós. Precisamos ter tido contato com Pérola e sua história para sentir a Eternidade. Agora, João e Maria Moura estão se dirigindo para sua casa antiga que pouco a pouco vai se transformando em novidade. Maria Moura afirmou que os homens não são capazes de descrever atos de amor com a ternura necessária. Por isso, não vou me arriscar. Com certeza, neste momento, ela e João estão chegando em casa e vão dar continuidade a seu destino. Eu continuo na minha sacada e posso olhar, até onde a paisagem permite, um pouco de céu e as estrelas que insistem em aparecer, apesar das luzes da cidade grande.

Maria Moura começou sua palestra afirmando que, com certeza, o cérebro humano é a matéria mais complexa de todo o Universo e, no fundo, muito mais difícil de entender do que as estrelas de nêutrons e os buracos negros. Mesmo com toda a complicação do cérebro, há regras que não se pode ignorar. Uma delas é que, animado pela química da paixão, ele nos permite viajar pelo passado da alma ou quem sabe até pelo futuro.

Da minha sacada vejo poucas estrelas de nossa galáxia e adivinho tantas outras, mais os buracos negros que atraem e sugam corpos celestes à sua volta. Para escrever este livro suguei as mentes de Maria Moura e Pérola. Quem me convocou para escrever a história sabia deste detalhe, e fui compreendendo aos poucos, como fui compreendendo que cada história, por mais insignificante que seja, é parte da continuidade do nosso fascinante mundo que por sua vez é parte do Universo misterioso.

E neste misterioso Universo, a morte do corpo é nossa única certeza em tudo o que vivemos e fazemos. Cada vida tem alguma coisa incomensurável, algo que é preciso ser vivido até que se atinja a grandeza da eternidade.

Esta obra foi composta em Minion 11/13,1.
Impressa com miolo em offset 75g e capa em cartão 250g,
por Createspace/ Amazon.

www.ingramcontent.com/pod-product-compliance
Lightning Source LLC
Chambersburg PA
CBHW051249170626
46809CB00004B/1562